인생은 단짠단짠

인생은 단짠단짠

다디달고 짜디짠
인생의 삼시 세끼

심혜진 지음

ᵹ현암사

프롤로그

　　태어남을 두고두고 축하하듯, 언젠가 맞이할 마지막 날도 미리 자축하며 살 순 없을까. 한 생애를 살아내느라 애썼는데, 아무래도 숨이 끊어지는 와중에 내가 나를 격려하고 축하하긴 어려울 듯싶다. 그렇다고 그날을 미리 알 방법이 내겐 없으니 그냥 1년 중 어느 하루, 적당한 날을 정하는 것도 괜찮을 것 같다.

　　특별한 날 음식이 빠질 수 없다. 우선 부드러운 쇠고기수프와 당근죽을 끓이고 치킨과 밥, 시래깃국을 나란히 놓을 거다. 내 영혼까지 살찌우는 카레라이스와 오징어튀김, 킹크랩과 차가운 딸기 우유, 후식으론 달콤한 곰보빵을, 그리고 욕심을 좀 내어 파르페도 정성껏 만들어야지. 새빨갛게 끓인 두부찌개와 감자 핫도그도 있으면 좋겠다. 마지막으로 감자를 푸지게 삶아 냄비째 올려놓으면, 그래 이만하면 충분하다.

도무지 서로 어울리지 않는 음식들로 차려진, 이렇게 맥락 없는 상차림이 또 있을까. 책을 읽다 보면 음식 하나하나에 담긴 이야기를 알게 될 테고 이 상차림의 의미도 이해하리라 믿는다. 아마 앞으로 새로운 음식이 더 해지기도, 때론 빠지기도 할 것이다. 음식 목록이 어떻게 변해갈지, 무척 궁금하고 그래서 설렌다.

지극히 평범한 날들과 새로울 것 없는 음식들이 만나 내게 특별한 기억을 남겼다. 그 특별한 기억을 이 책에 담았다. 책을 읽는 동안 각자 잊은 줄 알았던 어떤 기억을, 그리고 그 기억 속 누군가를 떠올릴 수 있다면 더바랄 게 없겠다.

나와 현암사 출판사의 연결 다리가 되어준 신연호 작가는 내 수호신이 만나게 해준 귀인이 아닐까 싶다.

이 글을 발견해준 조미현 대표와 멋지게 편집해준 홍은선 편집자, 이유나 디자이너, 글에 어울리는 그림을 그려준 정영인 작가에게도 감사하다. 무엇보다 이 글들은 《인천투데이》 이승희 논설실장이 아니었다면 세상에 나올 수 없었다. 글에도 생명이 있다면 그는 산파나 다름없다. 각별한 고마움을 전한다.

글 속에 등장하는 인연들에게 안부를 묻는다. 그들 덕분에 오늘도 나는 울고 웃는다. 그리고 이렇게 책도 낸다. 선우, 지원에게 좋은 '모모'가 되고 싶다. 내 가장 큰 소망이다.

프롤로그

차례

1부 한 끼 한 끼의 〰〰〰〰〰 전쟁

2부 다디단 〰〰〰〰〰 하루하루

3부 인생의 맛은 ～～～～～ 예측불허

4부 밥으로 챙기는 〰〰〰 안부

한 끼

한 끼의

전쟁

부엌문 너머의
불맛과 짠맛

돼지불고기

●
◆

엄마와 외식을 할 땐 무엇을 먹을지 많이 고
민할 필요가 없다. 엄마는 면이나 빵을 좋아하지 않는
다. 일단 모든 국수 종류와 햄버거, 스파게티, 피자는 제
외다. 기름기 많은 중국요리도 질색이다. 짜장면과 짬뽕
은 손주들을 위해 그냥 함께 먹어주는 정도다. 찌개나
탕은 건더기만 겨우 건져 먹을 뿐 국물엔 숟가락도 대지
않는다. 비싼 돈을 들여 왜 그리 밍밍하고 물컹한 걸 먹
는지 알 수 없는 것, 바로 생선회와 초밥이다. 횟집 앞에

서 발걸음을 돌린 엄마 덕분에 물고기는 오늘도 목숨을 부지한다.

엄마가 원하는 건 오로지 밥과 고기다. 특히 갈비는 외식을 좋아하지 않는 엄마가 가끔 먼저 먹으러 가자고 말하는 유일한 음식이다. 소갈비도 싫고 한우도 싫고 오로지 돼지갈비다.

"고기는 돼지, 돼지는 양념 맛이지."

엄마의 고기 철학이다. 나도 엄마처럼 갈비를 아주 좋아한다. 하지만 양념 맛 때문은 아니다. 내게도 나만의 고기 철학이 있다.

내가 초등학생일 때, 아빠는 노조 활동으로 해고되어 2년 가까이 자리를 잡지 못했다. 그러다 외국 건설 현장의 인력 모집 공고를 보고 지원해 1년 기한의 해외 출장을 가게 되었다. 엄마도 집에서 밤낮으로 전자 부품 만드는 부업을 하며 최선을 다해 돈을 모았다. 준비물 살 돈을 달라고 할 때마다 어두워지던 엄마의 얼굴이 어느 순간부터 괜찮아졌다. 집안에 따뜻한 기운이 감돌았다. 오랜만에 찾아온 편안함이었다.

아빠가 외국에 간 지 석 달쯤 되었을 때 언니가 생일을 맞았다. 며칠 전부터 엄마는 아주 맛있는 고기반찬을 해주겠다며 호언장담을 한 터였다. 생일날 저녁, 안방에 삼남매와 엄마 몫의 밥 네 공기만 올라간 상이 들어왔다. 엄마는 다시 부엌으로 나가며 조금만 기다리라고 했다. 곧 맛보게 될 고기 생각에 입맛을 다시며 우리 셋은 기대에 부풀어 있었다.

드디어 안방 문이 열렸다. 넓은 접시 위에 반드르르 윤기가 나는 갈색 돼지고기가 잔뜩 올라가 있었다. 군데군데 검은 재도 붙어 있었다.

"따뜻할 때 얼른 먹어. 엄마는 고기 더 구워야 돼."

엄마가 방을 나가기도 전에 나는 벌써 고기를 한 젓가락 집어 입에 넣었다. 그건 이전에 먹던 고기와는 완전히 다른 맛이었다. 1년에 한두 번 양념도 안 한 고기를 전기 프라이팬에 허옇게 익혀 먹거나 아주 가끔 제육볶음을 맛봤을 뿐이다. 처음으로 '불 향'을 맛본 나는 눈이 동그래져 젓가락질하기 바빴다. 그런데 고기로 향하는 나와 동생의 젓가락을 언니가 손으로 막았다.

"잠깐만. 엄마 오실 때까지 기다리자."

맞다. 맛있는 건 같이 먹는 거라고 했다.

하지만 마냥 기다리기엔 우린 배가 몹시 고팠다. 게다가 맛있는 냄새와 김이 피어오르는 고기가 눈앞에

있었다.

"안 되겠다. 엄마 불러와야겠다."

언니가 자리에서 일어나 부엌으로 향했다. 나와 동생도 따라 일어났다. 거실에서 부엌으로 이어진 문을 열자마자 우린 눈을 뜰 수가 없었다. 부엌은 연기로 가득 차 난리가 난 상태였다. 연탄불 위의 석쇠에서 연기가 치솟고 있었다.

엄마가 소리를 질렀다.

"문 닫아! 방에 연기 들어가!"

언니는 문을 완전히 닫지 못하고 반쯤 연 채 "엄마도 같이 먹어요"라고 말했지만, 얼른 문 닫으라는 엄마의 목소리에 묻히고 말았다. 어쩔 수 없이 부엌문은 닫혔다. 문 앞에서 언니가 눈물을 뚝뚝 흘렸다. 초등학교 졸업식에서도 울지 않았던 독한 언니가 울다니. 그런데 내 눈에서도 자꾸 눈물이 삐져나왔다. 언니와 나, 동생은 부엌문 앞에 나란히 서서 한동안 눈물을 닦았다.

엄마의 고생과 정성에 감동해 눈물이 나왔을 거라 생각한다면, 내 표현과 서사가 부족한 탓이다. 그날 우리의 눈물은 연기에 가린 듯 앞이 보이지 않는 절망과 무거운 가난을 통과해 이제 막 작은 빛을 보기 시작한 기쁨, 그간 쌓여온 슬픔과 우울, 힘든 나날에도 자존을 놓지 않고 살아낸 서로를 향한 고마움과 안도감이 한 번에 터져 나온 거였다. 연기 속에 고기를 굽고 있는 엄마와 멀리 떨어져 있는 아빠, 중학생인 언니와 초등학교 2학년이던 동생, 그리고 나까지 그 조마조마한 삶을 우리는 함께 건넜다. 그러니 맛있는 건 함께 먹어야 하는 것이다.

지난 어버이날에도 엄마와 돼지갈비를 먹었다. 집에서 조금 떨어진 맛집을 예약해두었다. 그 집 갈비는 잘 타지 않는 것이 특징인데 양념에 들어간 포도즙이 비결이라 했다. 평소 먹는 갈비에 비해 정말 덜 타고 맛도 좋았다. 하지만 내게 최고의 맛은, 너무 식상한 표현이지만, 엄마가 연탄불에 구워준 그 불고기이다. 앞으로도 그 맛을 넘어서는 건 없을 것 같다. 뭐니 뭐니 해도 고기는 돼지, 돼지는 불맛이다. 이게 내 고기 철학이다.

작은 찻상 위에 올린
화려한 접시

초등학교에 입학하고 얼마 지나지 않아 선생님이 가정 방문을 한다고 했다. 평소 그리 엄하지도, 그렇다고 다정하지도 않았던 선생님이었지만 우리 집을 찾아온다는 생각에 마음이 설렜다. 반에서 가장 키가 작았던 일곱 살의 나에게, 선생님은 부모님 다음으로 커다란 존재였다. 그 어른들이 나를 중심으로 만난다는 건 어린 내게 무척 신기하고 중요한 일이 아닐 수 없었다.

선생님은 아이들을 몇 명씩 나눠 미리 조를 짰다.

각자 집에서 점심을 먹고 다시 학교 앞 삼거리에서 모였다. "누구 집부터 갈까?" 한 아이가 "우리 집부터 가요"라며 선생님 팔을 잡아끌었다. 마침 학교에서 제일 가까운 곳이었다. 선생님과 함께 그 친구네 집으로 향했다. 선생님이 친구의 부모님과 이야기를 나누는 동안 나와 다른 아이들은 근처를 어슬렁거리며 시간을 보냈다.

두 번째 친구 집은 조금 더 떨어진 곳에 있었다. 그렇게 세 번째 집까지 다니는 동안 어쩐지 우리 집과 정반대 방향으로 가게 되었다. 네 번째 집은 저 멀리, 산 중턱에 있었다. 그 동네엔 대문과 마당 없는 집들이 가까이 붙어 있었다. 친구와 나는 둘이서 좁은 오르막길을 뛰어올랐다. "같이 가자"라는 소리에 뒤를 돌아보니, 선생님은 잠시 멈춰 선 채 가쁜 숨을 고르고 있었다.

선생님이 마지막 친구네 집으로 들어가고 나니 나는 혼자가 되었다. 친구 집 앞을 서성이는 그 시간이 몹시 길고, 낯설었다. 그 동네엔 우리 동네처럼 너른 공터도, 뛰어노는 아이도 없었다. 간혹 개 짖는 소리가 들릴 뿐 인기척도 없었다. 아마 선생님이 몇 분만 더 늦었다면, 나는 낯섦을 견디지 못하고 그 자리에서 울음을 터트렸을지도 모른다.

선생님이 그 집에서 나온 순간 지루한 오후가 깨어났다. 선생님과 단둘이 걷는다는 게 그렇게 신이 나는 일이었을까. 아까 들렀던 친구네 집들을 다시 지나고, 학교 앞을 되짚어오는 동안 하나도 힘든 줄 몰랐다. 우리 집으로 가는 길목엔 길어진 담벼락 그림자 아래 초저녁 바람이 불고 있었다.

"느그 집이 이레 크나?" 그렇지 않았다. 큰 마당을 돌아 안쪽에 딸린 작은 셋방이 우리 집이었다. 엄마가 반가운 얼굴로 선생님과 나를 맞이했다. 엄마는 선생님 앞에 작은 찻상을 내왔다. 나도 그 옆에 앉았다. 상엔 귤과 김치전이 올라와 있었다. 두 분이 이야기를 나누는 사이 내 눈은 오로지 김치전이 담긴 접시를 향해 있었다. 한 번도 본 적이 없는 접시였다. 우리 집에 있는 그 어떤 접시보다 크고 화려해서 얼룩진 찻상이 초라해 보일 지경이었다. 선생님을 대접하기 위해 이렇게 고급스러운 접시를 새로 산 걸까. 그건 어쩐지 내게도 기분 좋은 일이었다. 선생님이 어서 김치전을 드셨으면, 그래서 이 예쁜 접시를 좀 보셨으면, 하고 바랐다.

엄마와 선생님의 대화가 잠시 끊긴 틈을 타 엄마에게 작은 목소리로, 저 접시를 새로 샀는지 물어보았다.

내 말을 못 들었는지 엄마는 선생님을 바라본 채 다른 이야기를 시작했다. 엄마 팔을 흔들며 조금 더 크게 물었지만, 엄마는 내게 고개를 돌리지 않았다. 뭔가 잘못되었다는 느낌이 들었다. 선생님이 가신 뒤 엄마에게 혼이 날 것 같아 그 이상 묻지 않기로 했다.

엄마는 뭔가를 방바닥으로 슬며시 밀어 선생님 무릎 앞에 놓았다. 하얀 봉투였다. 선생님은 "아니에요, 아니에요"라고 손사래를 쳤다. 하얀 봉투는 선생님 점퍼 주머니로 들어갔다. 엄마가 선생님께 김치전을 권했다. 선생님은 음식을 많이 먹어 배가 부르다며, 한사코 먹지 않았다. 대신 선생님은 내 손에 귤을 쥐여 줬다. 쑥스러운 듯 웃는 얼굴로, 내게 공부를 열심히 하라고 했던 것 같다.

선생님이 집을 나간 뒤, 엄마는 김치전을 먹어도 된다고 했다. 김치전은 차갑게 식어 있었다. 엄마가 상을 치우는 사이, 온종일 돌아다녀 피곤했던지 나는 잠이 들고 말았다. 설핏 잠에서 깼을 때, 퇴근한 아빠와 엄마가 이야기를 나누고 있었다. 아빠는 "그러려고 다니는 거지 뭐"라고 말했다. 나는 하얀 봉투를 떠올렸다. 그날 저녁 밥상 한가운데에 다시 김치전이 올랐다. 그런데 아까 그 접시가 아니었다. 한참 후 동네 친구의 생일잔치에 초대되었을 때, 오래전 엄마 팔을 흔들며 했던 질문의 답을 그제야 찾았다. 그곳에서 그 접시를 다시 본 것이다.

어두웠던 단칸방, 김치전, 어울리지 않는 고급스러운 접시, 혼자 서 있던 낯선 동네, 그 가난한 동네의 오르막을 숨이 차도록 오르던 선생님, 그리고 하얀 봉투. 입학 철만 되면 떠오르는 이미지들이다. 30년도 넘은 어린 날의 기억을 아직도 붙들고 있는 건 무슨 이유일까. 그날, 아빠의 말은 사실이었을까? 그런 걸 궁금해할 만큼 순진한 나이도 아니련만.

차마 물을 수 없었던
레시피

사과 마멀레이드

●

◆

30여 년 전 내가 초등학교 4학년 때, 대기업에 다니던 아빠가 직장을 잃었다. 아빠는 퇴직금으로 트럭을 한 대 샀다. 한 차 가득 사과를 싣고 이곳저곳으로 팔러 다녔다. 하지만 아빠에겐 장사 수완이 없었다. 아침에 싣고 나간 사과를 다시 그대로 싣고 오기를 며칠 동안 반복했다. 하필 아빠가 팔러 다닌 사과는 연두색 아오리였다. 늦여름에 잠깐 나오는 아오리는 조생종이라 저장성이 좋지 않다. 마당 한쪽 퇴비장에는 갈색으로 썩은 사과들이 굴러다녔다. 썩은 사과를 골라내는 아빠 엄마의 어두운 얼굴에 내 가슴도 쪼그라들었다. 결국 아빠는 장사를 접었고, 팔다 남은 아오리 사과는 동네 사람들에게 거저 나눠 주고도 몇 짝이 남았다. 남은 사과를 아무리 먹어도 썩는 속도를 따라잡을 수는 없었다.

살림만 하던 엄마는 지인이 소개해준 속옷 가게에서 가게 보는 일을 시작했다. 학교에서 돌아오면 언제나 집에 있던 엄마가 이젠 없었다. 나는 알아서 방을 쓸고, 바닥을 닦고, 걸레를 빨았다. 집안도 내 마음도 휑하고 어수선했다. 나는 괜한 일에도 자꾸 눈물이 났다. 눈물은 참으려 할수록 아무데서나 삐져나왔고 아무리 눈물을 흘려도 슬픔은 옅어지지 않았다.

엄마는 일을 마치고 집에 오면 썩은 사과를 도려내 사과잼을 만들었다. 연탄불에 오랫동안 졸인 잼은 식빵에 발라 먹었다. 고급 간식도 질리는 건 마찬가지였다. 며칠이 지나자 더 이상 사과잼을 먹기가 싫어졌다. 나중엔 엄마가 사과잼 만드는 것만 봐도 진저리가 쳐졌다.

우리 옆집엔 서울에서 이사 온 지 얼마 되지 않은 식구가 살고 있었다. 세련된 외모도 그렇고, 투박한 경상도 사람들과는 말투부터가 달랐다. 그 집엔 내 남동

생과 동갑인 여자아이 윤미가 살았다. 윤미는 얼굴이 예쁘고 성격도 착하고 순했다. 윤미는 언니가 없고 나는 여동생이 없었다. 우린 친하게 지내며 매일 함께 놀았다. 어느 날 윤미네 엄마가 그릇에 뭔가를 담아 가지고 왔다. 사과를 납작하게 썰어 잼처럼 만든 것인데, 우리 집 사과가 분명해 보였다. 빵에 발라 먹어보니 눅눅한 사과잼과 달리 쫀득하게 사과가 씹혔다. 잼도 아닌 것이, 젤리도 아닌 것이, 묘했다. 잼에 지친 우리는 "이건 더 먹을 수 있겠다"라며 반겼다. 그날 퇴근한 엄마는 윤미네 엄마가 준 정체불명의 사과 요리를 자세히 살폈다.

다음 날 엄마는 사과를 납작하게 썰어 설탕을 넣고 끓였다. 그다음 날도 끓였다. 세 번째로 실패한 뒤에야 엄마는 포기했다. "여기다 뭘 넣은 거지?" 혼잣말을 하는 엄마에게 "윤미네 엄마한테 물어보세요"라고 말했다. 엄마는 싫다고 했다. 한창 젊었던 엄마의 자존심이었을 것이다. 아쉽긴 했지만, 엄마의 마음을 이해할 수 있었다.

기우는 집안을 떠받칠 수 있는 유일한 힘이 바로 그 자존심이었을 테니. 어렸지만, 당시 내 마음도 엄마의 마음과 크게 다르지 않았다.

　나중에야 그것이 '마멀레이드'라는 걸 알았다. 마멀레이드는 과일의 과육만 사용하는 잼과 달리 과일을 껍질째 설탕과 함께 졸인 것이다. 주로 귤이나 오렌지, 레몬으로 만드는데 사과도 물론 가능하다. 엄마는 "대체 뭘 넣었을까?" 하고 궁금해했지만, 허무하게도 마멀레이드의 재료는 잼과 똑같았다. 우선 사과를 2밀리미터 정도의 폭으로 껍질째 얇게 썰고, 사과 양 절반 조금 못 미치는 양의 설탕에 버무려놓는다. 설탕이 녹으면 중불에 올려 끓기 시작할 때 약불로 줄인다. 천천히 뒤적이며 끓이다가 국물이 자작해지면 불을 끈다. 취향에 따라 계핏가루를 넣기도 한다. 마멀레이드를 만들 땐 불을 끄는 타이밍이 중요하다. 설탕 국물은 식으면서 끈적끈적해진다. 그래서 국물이 없도록 바짝 졸이면 굳어서 먹기가 불편하다. 만일 너무 굳었다면 물을 조금 부어 다시 끓이면 된다.

　엄마의 마멀레이드가 실패한 것은 설탕을 조금 넣었기 때문일 것이다. 썩어가는 사과가 아깝다고 해서 설탕을 함부로 먹을 순 없었던, 무엇이든 절박한 시절이었다.

해마다 가을이 오면 그 시절의 엄마와 아빠, 그리고 어린 내가 떠오른다. 혼돈과 가난을 견딜 수 없어 혹시나 부모님이 삶을, 그리고 나를 포기할까 두렵고 초조했던 그 가을. 부모님이 살아야 했듯, 아이인 나도 살아남아야 했다. 그러나 그저 묵묵히 견딜 뿐, 별다른 방법은 없었다. 3년 뒤 내가 중학교에 입학한 직후, 우린 친척이 사는 인천으로 이사를 갔다. 가난은 끈질겼다. 우린 산 밑의 낡은 집에서 6년을 더 보낸 후에야 내부에 화장실을 갖춘 집에서 살 수 있었다. 그 시절은 내게 우울한 기억으로 남았지만 깨달음도 주었다. 결국엔 모든 것이 지나가기 마련이라는 것을. 그 이상의 의미가 있을까. 잘 모르겠다. 가난은 어린 나에겐 너무 무겁고 버거운 짐이었으니까. 자신의 꿈과 행복은 생각할 겨를도 없이 세 아이의 부양을 걱정하고 책임져야 했던, 지금의 나보다 어렸던 내 젊은 엄마 아빠의 삶에 위로를 보낸다.

바나나튀김

●

◆

집안일에
서툴 수 있는 권력

남편이 현관문을 세게 닫고 나갔다. 얼마 전 남편은 오래 다니던 직장을 그만두었다. 몇 달 쉬면서 수료한 지 몇 년 지난 대학원 학위 논문을 쓸 작정이라고 했다. 늘 바빴던 남편. 일을 그만두면 밥도 같이 먹고 집안일도 나누어 하고 대화도 많이 할 줄 알았다. 그런데 웬걸. 남편은 배드민턴 클럽에 두 군데나 가입해 틈만 나면 밖으로만 돌았다.

집안 돌아가는 일은 모조리 내게 맡기기로 작정을

한 건지, 아예 관심이 없었다. "이 집에 나만 사니? 어지른 건 좀 치울 수 없어?" 나도 폭발하고 말았다. 그다음부터 남편은 딱 청소기만 돌렸다. 바닥 걸레질과 베란다, 현관, 화장실 청소 등 무수한 집안일은 여전히 내 몫이었다. 일부러 이런저런 일을 시켜봤지만 서툰 행동과 깔끔하지 못한 마무리가 영 내 맘에 들지 않았다. 나는 지적하고 남편은 짜증 내고. 언성을 높이는 일이 잦아졌다. 하루하루가 전쟁이다.

또 한 번 사소한 일로 몇 마디 말이 오가는 듯하다가 결국 다투었다. 남편이 내 말이 끝나기도 전에 도망가듯 횅하니 현관문을 닫고 나가버렸다. 분하고 억울해서 눈물이 다 나왔다. 입을 꾹 다문 채 일단 설거지를 했다. 마음이 조금 가라앉으니 뭔가 허탈했다. 어려선 부모님이 이러시더니….

중학교에 다니던 어느 주말이었다. 식구들이 모여 다 같이 텔레비전을 보고 있는데 바나나로 요리를 만드는 장면이 나왔다. 아빠가 갑자기 뭔가 생각난 듯 말했다. 예전에 대만으로 잠시 일하러 갔을 때 바나나튀김을 먹었는데 그게 그렇게 맛있었다는 거다.

"겉은 바삭한데 속은 얼마나 달고 부드러운지, 진짜

맛있다고. 입안에 넣으면 곧바로 사라진다니까."

허풍기 가득한 현란한 말솜씨에 나는 침을 꼴깍 삼켰다. 마침 식탁에 바나나가 있었다. 아빠는 궁금한 건 직접 해봐야 하는 행동파. 바로 바나나튀김을 하겠다며 팔을 걷어붙이고 나섰다.

"튀김이 뭐 별거 있겠어? 밀가루 반죽 묻혀서 튀기면 되는 거지."

그때였다. 엄마가 한숨을 쉬며 아빠를 가로막았다.

"가스레인지고 어디고 다 기름투성이 해놓으려고? 안 돼. 하지 마."

그런다고 포기할 아빠가 아니었다.

"알아서 할 테니 잠자코 먹기나 해."

아빠는 싱크대 서랍 여기저기를 여닫으며 "기름이 어디 있더라? 밀가루는…" 하고 혼잣말을 했다. 부엌에서 음식 해본 일이 없으니 무엇이 어디 있는지 알 턱이 없었다. 아빠는 더듬더듬 겨우겨우 재료들을 찾았다. 밀가루에 물을 넣어 걸쭉하게 반죽을 했다. 다음엔 바나나를 자를 차례다. 망치와 드릴, 톱 등 온갖 연장 다루는데 능숙한 아빠는 칼질만큼은 무척 서툴렀다. 바나나 정도는 엄마라면 툭툭 칼질 몇 번으로 끝날 일이었다. 하

한 끼
한 끼의
전쟁

33

지만 아빠는 그러지 못했다. 처음엔 바나나를 너무 얇게 썰어 부스러져 실패, 그다음엔 미끄러운 바나나를 잡느라 왼손에 너무 힘을 줘 바나나가 짓물러서 실패. 바나나 하나를 두고서 요리조리 각도를 잡고 재단을 한 후에야 겨우 흡족한 바나나 조각을 얻을 수 있었다. 이 바나나를 아빠는 하나하나 반죽에 담갔다. 그리고 프라이팬에 엄마가 아끼는 콩기름을 넘치도록 콸콸 쏟아부었다. 달군 기름에 바나나를 넣자 요란한 소리와 함께 기름이 사방으로 튀었다. 아빠는 놀란 듯 손을 움츠렸다. 기름에서 검은 연기가 올라올 때까지 불을 줄이지 않아 튀김 몇 개는 새카매졌다. 튀김을 하는 내내 아빠의 손은 공중에서 허둥댔다. 엄마는 이 모든 걸 모르는 척 허리를 꼿꼿이 펴고 눈으론 텔레비전을 보면서, 귀로는 부엌 쪽에서 나는 소리를 들으며 아빠의 행적을 유심히 좇는 듯했다. 나는 이런 아빠와 엄마의 모습을 흥미롭게 지켜보고 있었다.

드디어 주방이 잠잠해졌다. 엄마의 예상은 적중했다. 늘 광이 나던 싱크대와 가스레인지는 기름과 밀가루, 반죽 자국, 타버린 튀김 잔해들로 엉망이 되었다. 물론 아빠의 눈엔 이 지저분한 것들이 하나도 보이지 않았을 테지만 말이다.

바나나튀김인지 전인지, 하여튼 접시 위에 노란 것이 올라왔다. 익은 바나나는 흐물흐물했다. 그런데 그게 문제가 아니었다. 바나나튀김에서 생선 맛, 그러니까 비린내가 났다. 애매한 우리 표정을 본 엄마가 뭔가 생각났는지 아빠에게 물었다.

"어느 프라이팬에 튀겼어? 밀가루는 뭐 썼고?"

엄마는 생선용 프라이팬을 따로 구분해 사용하고 있었다. 설거지를 해도 생선의 비린내가 잘 가시지 않았기 때문이다. 또 생선 튀길 땐 부침가루를 사용했는데, 넓적한 통에 담아 사용한 뒤엔 냉장고에 넣어두었다. 아빠가 집어 든 것이 바로 그 생선용 부침가루와 생선용 프라이팬이었다.

오랜만에 애쓴 결과가 형편없게 되었다. 아빠 표정이 머쓱해졌다.

"어, 이게 아닌데. 진짜 바나나튀김은 정말 맛있거든…."

"바나나튀김은 무슨…."

영 믿을 수 없다는 듯 못마땅한 얼굴로 아빠를 타박하는 엄마가 나는 좀 야속했다. 살림을 도맡아 하던 엄마는 우리에게도 '설거지는 이렇게' '걸레질은 저렇게' '옷을 갤 때는 이렇게' 등등 기회가 있을 때마다 잔소리를 했다. 지적하는 엄마의 목소리는 딱딱한 명령조였다.

"알아서 좀 할 수 없니? 도대체 몇 번을 말해야 하는 거야."

내게 잔소리를 쏟아부었던 엄마에게 복수라도 하듯, 나는 비린내 풀풀 나는 바나나튀김을 싹 먹어 치웠다. 동갑내기로 자주 다투던 엄마와 아빠 사이에서 난 주로 엄마를, 가끔은 아빠를 응원했다. 엄마가 '잔소리 대마왕'이었다면 아빠는 '가부장 대마왕'이었으니, 아무래도 소통이 되지 않는 아빠가 조금 더 우릴 힘들게 했다. 하지만 그날만큼은 난 아빠 편이었다. 엄마의 반대를 무시할 수 있다는 게 멋져 보였다. 자식인 내 입장에선 집안에서의 권력은 엄마 쪽이 더 커 보였지만, 부부 사이에서는 아빠에게 훨씬 큰 힘이 주어져 있었다는 걸 그땐 몰랐다.

이제 와 남편의 모습을 보고 나니 아빠가 누렸던 그 힘이 가부장적 권력이라는 걸 알겠다. 반대 의견을 묵살할 수 있는 힘, 힘들다는 호소를 가볍게 치부할 수 있는 힘, 끝없는 가사 노동을 당연한 것으로 여길 수 있

는 힘…. 엄마의 잔소리는 그 힘에 대한 최대한의 방어이
자 공격이었다. 어린 날 먹었던 비릿한 바나나튀김이 뒤
늦게 체한 듯 가슴이 답답해졌다. 이 숨 막히는 시간이
언제 끝나려는지, 아직 끝이 보이지 않는다.

어디 매운맛 좀
봐라!

●

◆

얼마 전 몹시 우울한 날이었다. 혼자 있으면 감정이 더 바닥으로 떨어질 것 같아 가까이 사는 친구에게 전화를 했다. 친구의 "놀러 와" 한 마디에 바로 달려 갔다. 친구네 거실 바닥에 굴러다니는 장난감들을 대충 발로 밀어내고 벌러덩 드러누웠다. 며칠 동안 머리를 떠나지 않는 그 일이 다시 생각났다.

아르바이트하는 매장에서 만난 '나이 많은' 동료 직원들과 제법 가까워졌다고 느낄 무렵, 이상한 기류가 느껴졌다. 직원 한 명이 겉도는 느낌이 들었다. 손님을 대하는 것이나 근무 태도 면에선 아무 문제가 없었다. 그는 성실하기까지 했다. 그런데 팀장은 그를 유난히 차갑게 대했다. 매장 물품을 주문하고 직원들의 근무 시간을 조정하는 팀장은 직원들이 돌아가며 맡는 직책이어서 임기가 끝나면 다시 평직원이 된다. 엄밀히 따지면 직급상 상하 관계는 아니다. 직원을 존중하지 않는 팀장의 태도가 불편했지만 내가 나서서 해결할 수 있는 문제인지 확신이 서지 않았다. 그러던 중 사건이 터졌다. 팀장이 그 직원에게 "오후엔 바쁘지 않으니 그만 들어가"라며 두 시간 일찍 집으로 돌려보내는 장면을 목격한 것이다. 근무 시간표는 임의로 바꿔선 안 되고, 바꾸더라도 직원의 동의를 얻어야 한다. 나는 "그런 이유로 돌려보내는 건 근로기준법 위반이에요"라고 팀장에게 말했다. 팀장은 몰랐다며 즉각 사과했고 다신 그러지 않겠다고 이야기했다. 하지만 이후로도 팀장과 직원 사이는 달라지지 않았다. 찬바람이 쌩쌩 불었다.

　팀장의 은근한 갑질과 미묘한 신경전에 대한 이야기를 친구에게 마구 늘어놓았다. "자기가 뭔데 사람을 그렇게 대놓고 차별하고 함부로 대하는 거야? 유치하지 않아?" 친구는 먹다 남은 음식을 정리하고 그릇을 설거지통으로 옮기고 있었다. "나도 3년 넘게 미친놈 밑에서 일하느라 갑상선 병까지 얻었잖아. 그 사람 그만두던 날 얼마나 속이 시원했는지 몰라. 그래도 버티길 잘했다는 생각에 눈물까지 나더라니까." 결국 직장 생활이란 누가 끈질기게 버티느냐의 싸움인 거냐며 우린 쓴 입맛을 다셨다.

한참 떠들고 나니 배가 고팠다. 친구가 점심을 차리겠다고 했다. 사실 나는 외식을 하자고 말하고 싶었다. 왜냐하면 친구에겐 정말 미안하지만, 친구의 음식은 내입엔 영 맞지 않기 때문이다. 최근, 처음 해봤다는 시금치나물을 먹어봤다. 맙소사. 너무 오래 데쳐 흐물흐물한데다 물기를 덜 짜 질척하고 마지막에 참기름 대신 올리고당을 넣어 무척 달았다. "올리고당을 넣으면 아이가 먹을까 해서 넣어봤어." 돼지고기를 넣은 계란찜은 냄새가 안 났더라면 그나마 먹을 만했을까? 왜 다른 사람들이 계란찜에 돼지고기를 넣지 않는지 그 이유만큼은 확실히 알았다. 친구는 기존 요리법에 자기 스타일을 입혀 개성 넘치는 맛을 내는 데 타고난 천재다.

내가 대답을 얼버무리는 사이 친구는 벌써 요리를

시작했다. 매캐한 냄새가 퍼져왔고 내 심장은 알 수 없는 불안감으로 두근거리기 시작했다. 잠시 뒤 식탁에 오른 것은 아, 말로만 듣던 두부찌개!

10여 년 전 친구가 한창 결혼을 준비할 때였다. 시어머니가 친구에게 부탁을 하더란다.

"우리 아들이 두부찌개를 좋아하는데, 이제 나 대신 네가 해줘야겠다."

친구는 전문직을 가진 직장인으로, 살림이라곤 해본 적이 없었다. 친구 부부의 요리와 살림 실력은 서로 비슷비슷했다. 그런데 자신의 아들이 좋아하는 두부찌개를 하필 친구에게 '부탁'하며 요리법까지 '친절히' 알려주더라는 것이다.

만드는 방법은 간단했다. 냄비에 고춧가루와 기름을 넣어 볶다가 물을 붓고 두부, 마늘, 파, 소금을 넣으면 끝. 육수도, 채소도 들어가지 않는, 도무지 맛있을 것 같지 않고 맛있을 리 없는 요리법이었다. 시어머니의 '부탁'도, 요리법도, 모두 어이가 없다며 흥분하는 내게 친구는 "사랑하는 남편을 위해 그 정도는 해줄 수 있을 것 같다"라고 말하며 해맑게 웃었다.

결혼 후 두부찌개를 끓였을 땐 역시나, 시어머니가

해주던 그 맛이 아니었다. 몇 번을 해봐도 그랬다. 결국 시어머니에게 다시 요리법을 묻자 돌아온 대답은 "조미료 안 넣었어?"였단다. 두부찌개의 맛이 완성된 순간이다.

바로 그 두부찌개가 내 눈앞에 있었다. 국물이 아주 새빨간 것이 보기만 해도 속이 얼얼했다. 한 숟갈 맛을 보니 톡 쏘는 매운맛이 강하게 올라왔다. 이건 고춧가루의 얼큰함이 아니다. 쌉싸름하면서 매운 이 맛, 마늘이다.

"우와, 맛이 엄청 세다. 마늘을 많이 넣었나 봐."

"응, 무조건 매워야 남편이 잘 먹어. 그래서 '매운맛 좀 봐라' 하면서 고춧가루랑 마늘을 왕창 넣어."

먹다 보니 자꾸 당기는 맛이었다. 역시 조미료의 힘이란!

"요즘도 남편한테 해줘?"

"미울 때는 안 해주다가 그래도 가끔은 해줘."

"둘 다 일하는데, 직접 해 먹으라고 하지?"

"카레랑 감자볶음 같은 건 하는데 두부찌개는 절대로 안 하더라고. 이것만큼은 내 손으로 해 먹지 않겠다는 자존심 같은 게 있는 것 같아."

시어머니의 바람대로 친구는 두부찌개만큼은 남편 입맛에 맞게 제대로 끓이게 되었다.

살림과 육아를 다른 사람에게 맡겼던 친구는 아이에 대한 걱정 때문에 얼마 전부터 재택근무를 신청했다. 친구에게 집이란 매일 일을 마감하고 이메일과 전화로 업무 연락을 주고받는 일터이자, 온갖 쓰레기와 빨래, 먼지를 처리하고 살림살이를 채워 넣어야 하는 육체노동의 현장이며, 시간만 되면 밥상을 차리고 치우고 다시 차리고 치우기를 반복하는 전쟁터였다. 육아는 전쟁 중 떨어진 핵폭탄이었다. 올리고당을 넣은 시금치나물과 돼지고기 계란찜은 그 아수라장 속에서 탄생했다.

우리는 자극적이고 칼칼한 두부찌개 한 냄비를 모조리 비우고 말았다.

"사는 게 뭐 이러냐. 왜 이렇게 불합리한 일이 많은 거야."

"그러게. 애가 좀 크면 나아질까. 그게 희망이야."

"과연 그럴까? 이민 가야 하는 거 아냐?"

"남편은 안 데려가고 싶다."

그렇게 큰 소리로 웃은 건 참 오랜만이었다. 배가 출렁이니 엄청난 포만감과 함께 씁쓸함이 밀려왔다. 씁쓸한 이유? 아, 그게, 친구가 두부찌개에 다진 마늘을 너무 많이 넣었기 때문만은 아니다. 절대로!

오늘도
블랙아웃을
꿈꾸며

꼴깍 꼴깍 꿀꺽. 친구의 썰렁한 농담에 웃음
이 터지고, 끙끙 앓던 고민도 별것 아닌 게 되어버린다.
없던 용기도 불끈 생긴다. 심장은 클럽의 스피커처럼 쿵

쾅대고, 신나고 때론 로맨틱한 진동이 피를 타고 온몸으
로 흐른다. 단 몇 모금에 나를 완전히 다른 세계로 데려
다 놓는 것, 술이다.

취하는 게 좋다. 하는 일이 잘 안 풀려 머리가 복잡
하거나, 글이 안 써지거나, 누군가 별 뜻 없이 뱉은 말에

속이 상하거나, 특별한 이유 없이 내가 초라하게 느껴지는 날, 나는 술을 생각한다.

주량은 시간당 맥주 한 컵 또는 소주 한 잔 정도. 누군가에겐 간에 기별도 안 가는 양일 테지만 내겐 이 속도를 지키지 않는 건 치사량에 도전하는 일이다. 적게 마시나 많이 마시나 취하기 위해 마시는 건 똑같다. 적은 양으로 흠뻑 취할 수 있으니 나만큼 술에 대한 가성비 최고인 사람이 또 있을까.

맥주는 첫 모금이 가장 시원하고 맛있다. 그렇다고 벌컥 비워버리면 안 된다. 몸 안에 술이 흘러 들어가면서 긴장했던 근육이 풀어지고 마음이 느슨해지는 과정을 온전히 즐길 수 없다. 천천히, 천천히 마셔야 한다. 맥주 한 잔을 비우면 입꼬리가 살짝 올라갈 정도로 마음이 여유로워진다. 말로 설명하긴 어렵지만, 시계를 보지 않고도 나름 속도를 조절하는 노하우도 생겼다.

맥주 두 잔이 비워지면 딱 기분 좋은 상태가 된다. 웃는 빈도가 늘어나고 목소리도 커진다. 그래도 현실에 붙은 발은 아직 떨어지지 않은, 그냥 알딸딸한 상태. 온전한 정신으로 느긋함을 즐기기에 딱 좋다. 얼굴은 살짝 붉어지고 말실수를 하거나 행동이 흐트러지지도 않

는다. 나는 이쯤에서 술 마시기를 멈춘다.

다른 이들과의 술자리에서 나는 대체로 활기차다. 기분 나쁜 이야기보다는 웃을 수 있는 이야기를 선호하고, 속삭이기보다는 시원하게 내지르는 편이다. 이런 자리에선 드물게 석 잔을 넘기기도 한다. 이제부턴 속도 조절이 어렵다. 까딱하면 발걸음이 휘청휘청하거나 택시 안에서 잠이 들 수도 있다. 네 잔을 넘어 다섯 잔까지 마시면? 그땐 블랙아웃이다. 지금까지 대여섯 번 블랙아웃을 경험했다. 다음 날 숙취도 괴롭지만 사라진 기억이 영 찜찜하다. 그래서 다섯 잔까지 가지 않기 위해 아예 두 잔에서 멈춘다.

한때는 술을 멀리했다. 주량껏 마신 술도 몸에 흔적이 남았다. 찌뿌둥하고 무거운 느낌이 싫고 술자리에서의 대화도 공허하게 느껴졌다. 이 증상은 결혼 후 더욱 심해졌다. 아마도 1년 중 멀쩡한 날보다 취하는 날이 더 많은 남편 때문일 거다. 남편은 밖에서 마시고 들어오지 않으면 집에서라도 반드시 술을 마신다. 드물게 건너뛰는 날이 있다면 그건 전날의 숙취가 아직 덜 가신 탓이다. 게다가 남편에겐 자고 있는 나를 자꾸 깨우는 주사가 있다. 세상에서 가장 의미 없고 진저리 나는 것 중 하나가 술 마신 사람과 실랑이하기일 거다. 남편의 입과 코에서 뿜어져 나오는 술 냄새가 점점 견디기 힘들어지더니 세상의 모든 술 냄새가 싫어졌다.

그러다 어느 순간, 알코올이 주는 홀가분함과 잠깐의 도피가 약이 될 때가 있음을 알게 됐다. 나로 말할 것 같으면 허울 좋은 프리랜서 글쟁이, 실상은 글 하나하나에 생계와 용돈이 달린 가난한 노동자. 대책 없는 미래가 무섭고 겁이 난다. 울고 싶도록 외로운 날도 있다. 홀쩍 떠나고 싶지만, 통장 잔고가 발목을 붙잡는다. 이런 나를 우울과 불안의 늪에서 건져 올릴 수 있는 수단은 그리 많지 않다. 좋아서 마시는 술이 아니라 잊고자 마시는 술이다.

유독 바쁘게 하루를 보낸 밤, 남편은 밖에서 여전히 술잔치 중이다. 나는 정해놓은 일정처럼 가벼운 차림으로 편의점에 들러 맥주를 산다. 그리고 홀로 맥주 캔을 딴다. 온몸에 충만한 취기를 느낄 무렵, 술병에 남은 술은 이미 식었다. 버릴까, 마저 마실까. 잠시 고민하지만 대부분 전자를 택한다. 버려진 술이 흘러가는 수챗구멍이 내 목구멍이라도 된 듯 이 술을 다 삼킨다면, 그래서 블랙아웃이 되어 한순간이라도 이 비루한 삶을 완벽하게 잊을 수 있다면. 이마저 내일의 삶을 성실히 살아내야 하는 생활인은 감히 도전해선 안 될 금기의 영역인 것 같아 나는 그저 천천히 술을 삼키고, 취하고, 버린다.

세상의 모든
식사 담당자들에게

참치마요덮밥

●

◆

하루 두 끼 꼬박꼬박 집밥을 챙겨 먹는 내게 요리는 대체로 지겹고 가끔 재밌는, 그저 그런 일과 중 하나다. 주방은 물과 불, 칼이 난무하는 공간. 잠시 긴장을 놓으면 칼에 손이 베이거나 끓는 물에 데이기 십상이다. 특히 가만히 있어도 땀이 나는 여름에 음식 만드는 일은, 더군다나 불 앞에서 끓이고 볶고 데치고 튀기는 작업은 고역 중 고역이다. 가스레인지의 불에서 뿜어져 나오는 열기와 냄비에서 끓는 육수가 주방의 온도와 습

도를 한껏 올린다. 머리는 어질어질 땀은 삐질삐질. 이쯤
되면 꼬르륵 소리를 내는 배꼽은 상전이요, 음식을 해야
하는 몸은 시종이 된다. 요리하기 힘들다고 굶어 죽을
순 없으니 여름철 내 밥상엔 주로 상추나 오이 같은 생
채소가 올라온다. 물에 씻어 쌈장만 곁들이면 끝. 가스
불을 사용하지 않은 덕분에 몇 년째 7, 8월 가스 요금은
3,000-4,000원대를 유지하고 있다.

　　하지만 아무리 좋아하는 것이라도 똑같은 걸 며칠
계속 먹다 보면 지루해진다. 설상가상으로 더위에 지쳐
입맛도 뚝 떨어질 지경에 이른다. 나 혼자라면 지겨워도
그저 배를 채우는 데 만족할 수 있지만, 남편과 둘이 사
는 우리 집에서 식사 담당은 주로 내 몫이다. 남편이 주
방에서 요리를 하는 날은 아주 드물다. 봄부터 담가놓은
온갖 종류의 장아찌, 날 김과 양념간장으로 몇 끼 버텨
보지만 결국 가스레인지 앞에서 땀을 뻘뻘 흘리며 음식
을 하게 된다.

　　언젠가 한 블로거가 소개한 이 음식은 그야말로 내
겐 혁명이었다. 만드는 시간도 얼마 걸리지 않을뿐더러
재료도 아주 간단했다. 바로 참치캔을 이용한 참치마요
덮밥. 기름 뺀 참치에 다진 양파와 마요네즈, 설탕, 식초,

인생은
단짠단짠

통깨를 넣어 섞고 소금과 후추로 간을 한다. 밥 위에 대충 뜯은 상추와 양념한 참치를 올리고 구운 김 가루를 뿌려 비벼 먹으면 끝. 흔하고 평범한 재료일 뿐인데도 정말 희한할 정도로 맛있다. 그러고 보니 아주 중요한 재료 한 가지를 빼먹었다. 바로 고추냉이다.

참치를 양념할 때 고추냉이를 찻숟갈로 하나 정도 넣으면 맛이 깔끔하고 시원해진다. 넣었을 때와 안 넣었을 때 맛의 차이가 아주 크다. 그리고 김 가루도 꼭 넣는 게 좋다. 짭짤한 감칠맛으로 숟가락을 멈출 수 없게 만든다.

한때 네이버에서 방문자 수가 많은 블로거들에게 '파워블로거'라는 명칭을 부여한 적이 있다. 그들 중에서도 상위권을 차지하는 이들은 대부분 요리 정보를 공유하는 '주부 블로거'였다. 그들이 블로그에 올리는 음식들은 기존의 '요리 전문가'들의 음식과 뭔가 달랐다. 곧장 내 주방에서 그대로 재현해낼 수 있을 만큼 재료가 평범했고 무엇보다 조리 과정이 단순했다. 남들 먹이기에만 좋은 요리가 아닌, 요리하는 사람의 입장을 헤아린 음식들이 대부분이었다. 이 참치마요덮밥도 그냥 나온 음식이 아니다. 참치캔을 그리 좋아하지 않는 내가 이 덮밥을 맛있게 먹을 수 있었던 데에는 더운 날, 불 앞에서 요리하는 노고를 겪고 있는 주부 블로거가 수많은 또 다른 '식사 담당자'들을 위해 연구해서 내놓은 요리라는 점도 크게 작용했을 것이다.

남편과 단둘이 살고 있는 나도 이럴진대, 챙겨야 할 가족이 있는 집에서 끼니를 담당한 이들의 피로감은 오죽할까 싶다. 대부분 이 노동의 무게는 소득이 있든 없든, 대부분 나처럼 여성이 감당하고 있다.

'여성이라면 한평생을 자기 외 다른 사람의 세끼 식사와 반찬 걱정에 많은 시간을 할애할 뿐 아니라 강박에 시달릴 것이다. 인류의 반이 사람으로 태어나서 남의 밥걱정으로 인생의 많은 혹은 대부분의 시간을 보낸다? 이것이 문명사회인가?' 여성학자 정희진의 질문이다. 나 역시 동감한다.

이런 상상을 해본다. 동네마다 누구든 밥을 먹을 수 있는, 모두를 위한 하나의 큰 부엌이 있는 상상. 집집마다 따로 밥을 차려 먹어야 하는 지금의 방식은 너무 많은 노동을 필요로 한다. 또 필요 이상의 (가스나 전기) 에너지를 사용하게 만들어 자원을 낭비하고, 무엇보다 비효율적이다. 각자 끼니를 알아서 해결하는 지금의 방식이 얼핏 자유로워 보여도 이면에서 수많은 소외와 차별을 만들어내는 걸 생각하면, 복지 차원에서도 동네 부엌은 필요하다. 누구든 양질의 먹거리를 적당한 가격에 먹을 수 있는 공간이 있었으면 좋겠다. 당연하겠지만, 이 부엌에서 일하는 사람은 적당한 노동의 대가를 '반드시' 받아야 한다. 하지만 당장의 현실은 깜깜하다. 참치마요 덮밥을 몇 그릇 해 먹어야 여름이 지나갈까. 본격적인 여름은 아직 시작도 하지 않았다.

한 접시에 쏟은
피, 땀, 눈물

지인이 SNS에 잡채 사진을 올렸다. 거무스름한 빛깔에 윤기가 돌고 당근과 푸른잎채소가 섞여 먹음직스러웠다. "호기심에 구매. 먹을 만함." 아하, 그랬구나.

사진 밑에 달린 글을 읽고서야 알았다. 직접 만든 게 아니라 비빔라면처럼 면을 삶고 소스를 부어 비빈, 인스턴트 잡채였다. 맛보고 싶다는 기대와 공감의 댓글이 순식간에 서른 개가 넘게 달렸다. 나도 '하트'를 꾹 눌렀다.

다음 날 동네 슈퍼에서 그 인스턴트 잡채를 샀다.

마음은 기대 반, 실망할 준비도 반. 면과 건더기를 삶고 채반에 받쳐 물기를 뺀 뒤 소스와 참기름에 버무렸다. 단맛이 강하긴 했지만 맛은 그럴싸했다. 새삼 처음 잡채를 버무려보았던 때가 생각났다.

20여 년 전 내가 대학생일 때 엄마는 장난감 공장에서 일했다. 그 공장은 선물이 많이 필요한 어린이날과 명절, 크리스마스를 앞두고 특히 바빴다. 어느 추석 연휴 전날, 특근을 하던 엄마가 내게 전화를 했다. 전날 밤 잡채를 하려다가 양파가 없어 중단했다며 내게 마무리를 부탁한다는 것이다. 오늘은 밤 11시에나 일이 끝날 것 같다면서. "그냥 양파 볶고 당면 삶아서 냉장고에 있는 나머지 재료들이랑 넣고 양념에 버무리면 돼. 그것만 해줘."

햄버거 가게 아르바이트를 하며 양파와 몇 가지 재료 손질을 해보았을 뿐 나는 반찬을 만들어본 일은 없었다. 게다가 명절 음식이라니. 겁이 났지만 웬만해선 일을 시키지 않는 엄마가 오죽하면 이런 부탁을 하실까 하는 생각에 알겠다고 대답했다.

동네 마트에서 양파를 사 왔다. 그중 큰 것 두 개를 눈이 매워 눈물을 찔끔거리며 썰었다. 햄버거 가게에서 익힌 칼질 솜씨가 제법 쓸모가 있었다. 어찌어찌 양파를 볶고, 당면도 한 봉지 모두 삶았다. 엄마는 양파가 식을 동안 삶은 당면에 먼저 간을 맞추라고 했다. "잡채 맛 알지? 그 맛이 나오게 조금씩 넣어봐. 한 번에 많이 넣지 말고." 간장 조금, 설탕 조금, 참기름 쪼끔. 아무 맛이 안 났다. 다시 한 숟갈씩. 이제 참기름 향은 충분하니 그만 넣어도 될 것 같았다. 하지만 간장을 꽤 넣었는데도 간이 안 맞았다. 다시 간장, 설탕, 간장, 설탕… 간장병을 스무 번도 넘게 들었다 놨다 했나 보다. 맛은 겨우 비슷하게 맞춘 듯한데, 색깔이 영 나지 않았다. 그래도 별 수 없었다. 냉장고에서 엄마가 준비해둔 당근과 시금치나물, 볶은 고기를 꺼냈다. 재료들을 다 섞고 통깨를 뿌렸다. 한입 먹어보니 맛이 있는 것도 같고 영 밍밍한 것도 같았다. 당장 내일 식구들이 먹을 텐데 맛이 없으면 어쩌나. 설거지를 하며 걱정이 태산 같았다.

밤 12시가 다 되어 집에 온 엄마는 지친 기색이 역력했지만, 표정은 밝았다. 이달에 특근을 많이 했으니 월급도 많을 거란다. 엄마가 가방을 내려놓기도 전에 나는 서둘러 잡채를 한 젓갈 집어 엄마 입에 넣어주었다. "응, 됐어. 간 잘 맞췄네." 그제야 긴장이 풀렸다. 다음 날 내가 버무려놓은 것을 엄마가 다시 프라이팬에 볶았다. 뭔가 양념을 더 넣는 것 같긴 했다. 어쨌든 맛은 좋았다.

먹는 사람 입장에선 잡채만큼 흔하고 평범한 것도 없을 것이다. 하지만 만드는 사람에겐 그렇게 만만한 음식이 아니란 걸 나도 그때 알았다. 재료들을 모두 따로 손질하고 썰고 볶아야 할 뿐만 아니라 간과 색을 맞추는 게 보통 시간과 노력이 들어가는 게 아니다. 그래서 어딜 가든 잡채가 상에 오르면 '이 번거로운 걸 하느라 얼마나 바쁘게 손을 움직였을까' 하는 생각부터 한다. 그리고 그렇게 손이 많이 가는 잡채가 왜 명절마다 올라야 하고, 엄마는 이어지는 야근 속에서도 잡채를 하기 위해 오밤중에 칼을 들어야 했는지, 나는 또 왜 그걸 당연하게 생각하고 먹기만 했는지, 의문이 든다.

그런데 이제 10분이면 라면 두 봉지 값에 잡채 한 접시를 먹을 수 있게 됐다. 그 어려운 걸 해낸 기업에 메달을 걸어주고 싶은 심정이다. 한편으론 그 긴 과정을 이토록 간단하게 줄여버린 것이 허무하기도 하다. 잡채 한 접시에 녹아든 누군가의 노동까지 원래부터 없었다는 듯, 원래 이렇게 간단했다는 듯, 지워지고 작아지게 만든 건 아닐까 하는 생각에서다. 가려진 노동, 그림자 노동은 그래서 어렵고 생각하면 속이 쓰리다.

자백할 수 없던
가난

●

◆

아직도 모르겠다. 왜 하필 그날, 이전엔 한 번도 한 적 없던 유별난 짓을 한 건지. 그날따라 우유를 컵에 따라 마시고 싶었다. 교실 뒤에서 물컵을 가져와 우유를 부었다. 한 모금 마시고 컵을 내려놓는데, 창가에서 칠판지우개를 털던 친구와 눈이 마주쳤다.

"우유를 컵에 따라 먹나?"

"응, 그냥. 먹고 싶어서."

친구와 멋쩍은 웃음을 나눴다. 햇빛 속에 하얀 분필

가루가 어지럽게 오갔다.

점심시간이 지나고 오후 수업이 시작할 무렵, 한 아이가 손을 들었다.

"선생님, 오늘 우유를 못 먹었는데요."

우유 한 개가 사라졌다. 담임은 먼저 주번에게 우유를 잘 받아왔는지 확인했다. 주번은 틀림없이 우리 반 번호가 적힌 우유 상자를 가져왔다고 했다.

"오늘 우유 먹은 사람 손들어 봐라."

별생각 없이 손을 들려는 순간, 선생님이 말했다.

"오늘 1일이다. 달 바뀐 거 모르고 누가 먹은 거 아이가?"

나는 움찔했던 손을 슬며시 책상 아래로 내렸다.

며칠 전 우유 급식 신청서를 집으로 가지고 간 날, 엄마는 "다음 달부턴 우유 끊어라"라고 했다. 아빠가 직장을 그만두고 사과 장사를 시작할 무렵이었다. 4학년이 되도록 한 번도 우유 급식을 끊은

적이 없었다. 반에서 우유 급식을 하지 않는 친구는 그리 많지 않았고, 나는 아침마다 주번이 가져온 차가운 우유 마시는 걸 좋아했다. 엄마에게 어떤 말이든 하고 싶었지만, 아무 말도 생각나지 않았다. 입을 열면 눈물이 나올 것 같았다.

　그 일이 머릿속을 빠르게 훑고 지나갔다. 선생님이 손을 든 사람의 수를 세었다. "맞는데…." 선생님은 고개를 갸우뚱했다. 솔직하게 말하면 용서해주겠다며 타이르듯 말했다. 하지만 한번 책상 아래로 내려간 손은 끝내 다시 올라가지 않았다.

　선생님은 안 되겠다는 듯 주번을 일으켜 세웠다. 손을 들지 않은 사람 중에서 오늘 우유 먹은 사람이 있는지 확인해보라고 했다. 교실에 긴장감이 돌았다. 두 아이가 두리번거리며 아이들을 살폈다. 그날 나는 하필이면 컵에 우유를 따라 마시다 주번과 눈이 마주친 터였다. 나는 터질 듯한 심장 소리를 들으며 주번의 눈을 피했다. 할 수만 있다면 책상 아래에, 아니면 신발주머니에라도 몸을 구겨 넣고 싶었다. "똑바로 살펴봐"라는 선생님의 채근에 주번의 얼굴이 벌게졌다. '주번이 나를 찾아내면 어쩌나. 제발….' 나는 두려움에 속이 벌벌 떨렸다. 주번은 끝내 우유 도둑을 찾아내지 못했다.

선생님은 "남의 것에 손을 대면 안 된다, 솔직해야 한다"라고 훈계를 했다. 그리고 "너희도 책임자"라며 애꿎은 주번을 나무라는 것으로 그 일은 마무리됐다.

그날부터 나는 주번이었던 그 친구를 피했다. 들키지 않은 것은 천만다행이었지만 다른 감정들이 나를 괴롭혔다. 우유를 못 먹게 한 엄마가 밉고, 회사를 그만둔 아빠도 미웠다. 그깟 우유 한 개로 아이들을 몰아세운 선생님도 원망스러웠다. 하지만 가장 미운 건, 그날 우유를 마신 나였다. 갑자기 가난해진 나, 달이 바뀐 줄도 모르고 허세라도 떨 듯 컵에 우유를 부어 마신 나, 친구가 곤욕을 치르고 있는 걸 보면서도 창피함에 손을 들지 못한 내가 너무 미웠다. 죄책감과 수치심이 나를 한없이 초라하게 만들었다.

몇 해 전 작은조카가 초등학교에 입학했다. 응원하는 마음으로 작은 꽃다발을 사 들고 입학식에 갔었다. 선생님이 나눠준 가정통신문 중 우유 급식 신청서에 눈길이 멎었다. 30여 년 전 그 일이 다시 눈앞에 생생히 떠올랐다. '지금도 누군가는 이 종이 한 장에 한없이 작아지겠구나. 이 아이들 중 누군가는…' 다시 그날처럼 심장이 두근댔다.

나는 적어도 학교 안에서만큼은 아이들이 먹는 것 앞에서 가벼운 마음이었으면 좋겠다. 급식을 해야 할 정도로 아이들에게 우유가 필요하다면, 그 좋은 것, 공평하고 당당하게 다 함께 누릴 수는 없을까. 우유를 원하는 사람은 누구든 먹을 수 있고, 원치 않는 사람은 안 먹어도 되는, 그 선택권이 아이에게 주어지는 상상을 해본다. 아이들에겐, 우리 모두에겐, 그럴 권리가 있다고 나는 믿는다.

물론 그날 손을 들지 못한 나를 두둔할 생각은 없다. 하지만 다시 그날로 돌아간다 해도 나는 여전히 손을 들 자신이 없다. 그저 어린 내 곁에 앉아, 불안과 수치심에 떨던 작은 손을 꼭 잡아주고 싶다. 주변에게도 미안하다고 말하고 싶다.

인생은
단짠단짠

볶은 김

●

◆

기대고 기대어
살아가는 삶

우리 집 근처에 사시는 엄마와 산책을 하고
이제 막 헤어지려는 참이었다. 엄마가 작은 가방에서 뭔
가를 부스럭거리며 꺼내 내 손에 쥐여 주었다.

"김 볶은 거야. 너 바빠서 반찬 해 먹을 시간 없을
것 같아서."

내가 너무 바쁜 척 엄살을 부렸나 보다. 얼마 전엔
카레를 1인분씩 봉지에 담아 주며 "냉동실에 얼려놓고
꺼내 먹"으라더니 이번엔 볶은 김이다. 김도 카레도 굳이

따로 챙겨줘야 할 만큼 귀한 음식이 아닌 데다 마트에 가면 흔하게 살 수 있는 것들이다. '그 정도로 바쁜 건 아닌데' '그냥 엄마 드시지' 여러 가지 대답이 떠올랐지만 별말 않고 받아 왔다. 혼자 집에 오는 길, 오래전 추억이 생각났다.

볶은 김은 내가 중학생일 때 엄마에게 알려준 반찬이다. 한 친구가 자주 싸 오는 도시락 반찬이 참 신기했다. 분명 기름을 발라 구운 김인데 우표처럼 네모나게 잘려 있었다. 친구는 프라이팬에 기름을 두르고 작게 자른 김을 넣어 볶다가 소금을 뿌리면 된다고 했다.

"김을 굽는 게 아니라 볶는다고? 정말?"

"응, 엄마가 하는 거 봤어. 어렸을 때부터 맨날 이렇게 먹었어."

나는 엄마에게 이 이야길 전했다. 나처럼 엄마도 믿을 수 없다는 표정이었다. "김이 얇고 납작한데 볶일까? 잘 안될 것 같은데…." 고개를 갸웃거리던 엄마는 한번

해보고 난 뒤 신세계를 만난 듯 좋아했다. "신기해. 맛은 구운 김이랑 똑같은데 만들기는 훨씬 편해." 그날 이후로 엄마는 더 이상 번거롭게 석쇠에 김을 굽지 않아도 되었다.

볶은 김 말고도 그 친구의 반찬은 뭔가 달랐다. 바쁜 와중에 후다닥 만든 느낌이었달까. 계란말이가 도시락 반찬의 절대 강자이던 시절, 그 애는 몽글몽글 흐트러진 계란 볶음을 싸 왔다. 이것이 '스크램블드에그'라는 걸 그 애도, 나도 (어쩌면 그 애 엄마도) 몰랐다.

순정만화에서 막 튀어나온 듯 가녀리고 예쁘장한 얼굴에 늘 조용했던 그 애는 말이 없는 대신 편지 쓰는 걸 좋아했다. 어느 날, 그 애가 두툼한 편지를 내게 건넸다. "집에 가서 읽어야 해, 꼭."

편지 속엔 친구가 그간 살아온 이야기들이 빼곡하게 적혀 있었다. 어렸을 때 아빠가 돌아가신 뒤 엄마는 자식 여럿을 키우느라 온갖 일을 해왔고, 지금도 아침부터 밤까지 고생을 한다고 했다. 이제 언니 오빠들은 다 컸고 자기 하나 남았는데, 엄마는 자신이 고등학교에 가지 못할까 봐 늘 걱정이라고 했다.

1990년대 초반까지도 중학생, 특히 여학생들을 모두 수용할 만큼 고등학교 수는 충분하지 않았다. 그래서 어떤 아이들은 정식 고등학교가 아닌 비인가 학교에 가야 했다. 성적이 좋지 않았던 그 애는 어쨌든 학력이 인정되는 학교에 가는 게 소원이었다.

"나 고등학교에 꼭 가고 싶어. 나 좀 도와줘." 간절한 마음으로, 친한 친구 중 그나마 성적이 나왔던 내게 손을 내민 것이다. 읽다 울어버린, 첫 번째 편지였다.

여러모로 부족한 나였지만 그 손을 잡지 않을 수 없었다. 연합고사를 불과 두세 달 앞둔 가을, 빈 교실에 남아 애쓰던 그 애와 내가 떠오른다. 나는 그 애에게 별 도움이 되진 못했다. 그래도 다행히 그 애는 고등학교에 합격했다. 그 소식을 전하던 친구의 얼굴은 무척이나 밝고 환했다.

그 애의 엄마도 그날 한시름 놓으셨을까? 각자의 부엌에서 김을 볶아 도시락을 싸던 그 애 엄마와 우리 엄마. 그 바쁜 손길에 담긴 바람과 고민은 다르면서도 결국엔 비슷했을 것 같다. 어쩌면 지금에 와 내 손에 들려 있는 이 김도 마찬가지 아닐까. 기대하고, 부응하느라 애쓰고, 때론 기대를 저버리고 실망하며, 그래도 여전히 기대어 사는 게 삶이란 걸 이제야 조금 알겠다.

입천장에 붙인
배추김치설

20대 초반의 어느 날, 대학원에 다니는 선배들과 밥을 먹게 되었다. 모두 한 교수의 연구실에 있는 이들이었다. 어쩌다 학교에서 그 선배들을 마주칠 때면 '저들에게 과연 즐거운 일이 눈곱만큼이라도 있을까' 하는 생각을 했다. 그들은 세상만사 다 귀찮고 지겹다는 몸짓으로, 뭔가에 잔뜩 골몰한 듯 긴장한 얼굴을 하고선 검은 슬리퍼를 끌고 복도를 오갔다.

그들의 담당 교수는 카리스마 넘치는 독불장군으

로 유명했다. 어려운 공학 과목임에도 성적은 무조건 절대평가. 그래서 학기마다 낙제를 받는 학생들이 수두룩했다. 과에선 학과장을 맡고 있었고, 여러 학회 일에도 리더를 자처했다. 선배들의 스트레스를 짐작할 만했다.

그들과 함께 들어간 곳은 학교 앞 국밥집이었다. 뜨거운 김이 모락모락 피어오르는 국밥들이 식탁에 올라왔다. 그 순간 나는 기겁을 하고 말았다. 선배들은 여전히 펄펄 끓고 있는 그릇에 고개를 파묻고는 국밥을 입안에 퍼 넣느라 정신이 없었다. 말 한마디 없이 오만상을 찌푸리고 열심히 입을 움직이는 모습이 마치 국밥과 전쟁을 치르는 이들 같았다.

무슨 바쁜 일이라도 있는 걸까. 그들 사이에 있으니 내 숟가락질도 덩달아 빨라졌다. 아무리 그래도 이건 뜨거워도 너무 뜨겁다. 국밥을 하도 후후 불어대는 통에 호흡량이 딸릴 지경이었다. 어쩔 수 없이 찬물로 입안을 식혀가며 열심히 국밥을 먹었다.

어느새 주위에 후루룩 쩝쩝하던 소리가 잦아들었다. 선배들의 국밥 그릇이 바닥을 드러냈다. 그들의 얼굴은 하나같이 벌겋게 달아올라 있었다. 최선을 다했지만 내 그릇엔 아직도 절반 이상의 국밥이 남았다. 난감함과 놀람의 눈빛을 선배들도 알아챘는지, 그제야 웃으며 말문을 열었다.

"바쁜 일 없으니까 천천히 먹어. 습관이 들어서 그래. 교수님에 비하면 우린 빨리 먹는 것도 아니야. 교수님이 국밥을 좋아해서 맨날 국밥만 먹는데 먹는 속도가 엄청 빠른 거야. 교수님은 다 드시면 그냥 일어나서 나가버려. 그러면 우리도 중간에 숟가락 놓고 따라 나가야 해. 교수님 먹는 속도에 맞추려고 막 퍼먹기도 해봤는데, 입천장이 다 벗겨지더라고."

밥은 먹어야겠고, 국밥은 뜨겁고…. 그런데 교수님은 어떻게 뜨거운 국밥을 그렇게 빨리 먹을 수 있는지, 선배들은 궁금해졌다. 그때부터 교수의 행동을 유심히 관찰하기 시작했다. 하지만 교수에게서 국밥을 빨리 식게 만드는 특별한 행동이나 뜨거움을 참는 비법은 쉽게 발견할 수 없었다. 단 한 가지 짐작 가는 행동이 있었다.

"밥 먹으러 가면 반찬이 먼저 나오잖아. 그러면 교수님은 늘 배추김치를 먼저 드시는데 거기에 비결이 있는 게 아닐까 생각했지."

선배들이 생각해낸 비결이란, 입에 넣은 배추김치 한 조각을 입천장에 붙이는 것이었다. 그러면 입천장이 벗겨지지 않고도 뜨거운 국물을 얼마든지 떠넘길 수 있다는 것이다. 하지만 어떻게 입천장에 배추김치를 붙인 채로 국밥을 먹을 수 있는지, 그 방법은 아직 알아내지 못했다고 했다. 일단, 교수님의 입천장은 배추김치를 장착할 수 있는 특별한 구조로 되어 있을 거란 가설을 세울 수밖에 없었다고. 역시 공학도다운 해석이다.

　선배들이 모처럼 신나는 얼굴로 해준 이 이야기는 내게 웃음과 충격과 씁쓸함과 비애를 남겼다. '식사' 문제는 논문 주제나 프로젝트 연구에 비해 너무 사소해서 이야기를 나누기 민망한 주제일 수 있다. 하지만 누구도 먹지 않고는 살 수 없다. 누구든, 좋아하는 음식을 자신의 속도대로 먹고, 원하는 시간에 식사를 마칠 수 있어야 한다고 생각했다. 선배들이 교수가 좋아하는 국밥을, 교수의 식사 시간에 맞춰 입안에 욱여넣을 때, 벗겨진 입천장을 혀로 훑으며 혹여 비참한 기분이 들지는 않을까 걱정스러웠다. "교수님, 좀 천천히 드시죠." "교수님은 뜨거운 걸 어쩜 그렇게 빨리 드시나요?" 이런 대화를 나누기엔 교수와 대학원생은 얼마나 멀리 떨어져 있는 걸까.

　하지만 그땐 몰랐다. 너무나 이상해 보였던 선배들의 행동을 머지않아 나 자신도 절실히 이해하게 될 줄은. 대학을 졸업하고 들어간 직장에서였다. 아침마다 사무실 탁자에 놓인 신문을 읽는 순서는 직급 순서와 같다는 것, 점심 메뉴 정하는 일을 신규 직원에게 맡긴 건 신규 직원의 입맛을 배려해서가 아니라는 것, 상사의 고민은 고민이 아니라 은근한 명령일 수 있다는 것을 아는 데까지 그리 오래 걸리지 않았다. 누가 시킨 것도, 그래야 한다고 업무 규정에 정해놓은 것도 아니었지만 선배와 상사에서 이어지는 위계를 거스를 수 있는 사람은 없었다. 나도 모르는 사이에 '참치 눈물주' 같은, 남들은 귀하다지만 내겐 생각만으로도 혐오스러운 술을, 상사가 권했다는 이유로 감사한 척 꿀꺽 삼켜버리는 눈치 9단의 사회인이 되어버렸다. 끝내 적응하기 어려웠던 탓에 나의 '조직 생활'은 4년으로 끝이 났지만, 지금도 어디선가 이런 일은 여전히 반복되고 있음을 안다.

추운 날, 얼어붙은 몸을 녹이고 든든하게 배를 채우는 데 국밥 한 그릇만 한 게 없다. 배를 채우는 일은 내 존재를 채우는 일과 다르지 않다. 존재의 존엄을 억누르지 않고도, 그까짓 국밥 한 그릇 맘 편히 비워낼 수 있는 세상이 언젠가는 와야 하지 않을까. 그 누구와 함께라도 말이다.

●

◆

빵 하나의 행복을
누릴 자격

중학교 때 반 친구들의 보충수업비를 걷게
되었다. 1990년대엔 수학여행비나 보충수업비처럼 수업
료 이외에 필요한 돈을 반마다 현금으로 걷어 담임에게

납부해야 했다. 그때마다 학생들 중 한 명이 그 일을 담
당했다. 나는 학급 간부도 아니었는데 왜 내게 그 일을
시킨 건지, 그때도 지금도 이유는 모른다. 어쨌든 나는
내게 주어진 일을 그저 깔끔하고 성실하게 처리하고 싶
었다.

보충수업비는 몇 천 원 정도로 큰돈은 아니었다. 아이들 대부분이 기한 내 돈을 냈다. 그런데 한 친구가 끝까지 돈을 내지 않았다. 어서 달라고 말해야 했지만 나는 망설여졌다. 그 친구의 집안 사정을 누군가에게 들었기 때문이다. 부모가 집을 나가 할머니와 살고 있는데, 몹시 가난하고 할머니 건강도 좋지 않아서 점심 도시락도 자주 못 싸 온다는 거였다. 우리 집은 밥을 굶을 정도는 아니었지만, 당시 산동네의 허름한 집에서 살고 있었고 미술 준비물이나 문제집이라도 살라치면 엄마의 한숨 소리부터 들어야 했다. 가난으로 인한 무기력과 불안을 나 역시 충분히 느끼고 있기에, 나는 내 나름의 방식으로 그 애의 딱한 상황을 이해했다.

이제나저제나 기다리다가 기한이 지나버렸다. 나는 얼마 안 되는 용돈으로 보충수업비를 메우기로 했다. 담임에게 지적받는 것보다는 차라리 간식을 안 사 먹는 편이 나았다. 나는 그 애에게 말했다. "내 돈으로 냈으니까 나한테 갚으면 돼."

일주일쯤 지났을까. 그 애는 여전히 돈을 내지 않았다. 조금 남겨뒀던 용돈도 거의 바닥이 났다. 집에 갈 때마다 친구들과 떡꼬치나 하드를 사 먹는 게 낙이었는데,

큰 기쁨 중 하나가 사라질 지경이었다. 나는 볼멘소리로 단짝 친구에게 사실을 털어났다. 그날 친구가 사준 떡꼬치를 먹으면서도 기분이 영 좋지 않았다.

다음 날 점심시간이었던가. 내게 떡꼬치를 사준 친구가 내 팔을 툭툭 쳤다.

"야, 쟤 좀 봐."

친구가 가리킨 곳을 돌아봤다. 그 애가 뭔가를 먹고 있었다. 학교 매점에서 팔던, 과자보다 값이 조금 비싼 크림빵이었다.

"쟤, 너한테 돈 갚았냐?"

"아니, 아직…."

"와, 근데 크림빵을 사 먹어? 양심이 없네…."

"밥 대신 먹나 보지 뭐."

그 애를 이해하는 듯 말했지만 그럴 리 없었다. 나는 떡꼬치도 못 사 먹고 있는데 그 애는 눈앞에서 크림빵을 먹고 있다. 배신감이란 게 이런 걸까. 섭섭하고 화도 나는 복잡한 마음으로 나도 모르게 그 애를 뚫어지게 바라보고 있던 그 순간, 그 애와 눈이 마주쳤다. 아주 짧은 순간이었지만 나는 그 애의 눈에서 분명히 보았다. 당혹감과 부끄러움과 회피하고 싶은 마음을.

나는 더 이상 궁금함을 견디지 못하고 엄마에게 손을 내밀기로 했다. 쓸데없는 짓을 했다며 꾸지람을 들을 거라 예상한 것과 달리, 평소 인색했던 엄마는 그날따라 별소리 없이 용돈을 추가로 내줬다. 친구에게 돈 달라고 하지 말라는 말과 함께. 나는 잔잔한 바다에 햇빛이 비치듯 마음이 편안해지는 걸 느꼈다.

며칠 후, 그 애가 내게 천 몇백 원을 내밀었다. "미안, 나머지는 다음에 줄게." 황급히 돌아서는 그 애에게 돈을 돌려줄 수 없었다. 왠지 그 애를 더 초라하게 만들 것 같았다. 나머지 돈도 갚았던가? 기억이 나지 않는다. 하지만 짧은 순간 마주쳤던 그 눈빛과 그 돈은 나를 불편하게 했다. 어쩌면 크림빵을 먹는다는 이유로 그 애를 원망의 눈으로 바라본 나 자신이 부끄러웠는지도 모른다.

몇 해 전, 기초생활수급자 아동이 분식집에서 돈가스 먹는 걸 본 한 시민이 "점심 먹으러 갔다가 기분을 망쳤다. 굳이 그렇게 좋은 집에서 먹어야 할 일이냐"라며 민원을 넣었다는 이야기가 인터넷에서 회자되었다. 이

일을 SNS에 올린 한 작가는 자신의 일화도 함께 소개했다. 작가는 집안 환경이 어려운 여중생에게 무료로 영어를 가르쳤다. 그리고 생일을 맞은 학생에게 틴트를 선물했다. 단돈 3,800원짜리 선물임에도 너무나 좋아하는 모습에 작가는 오히려 민망했다고 한다. 그런데 며칠 뒤, 그 학생이 자신에게 이런 말을 했다고 한다.

"학교 선생님이 애들 앞에서 '틴트 살 돈은 있나 보다?'라고 하셨어요."

가난한 사람에게도 행복할 권리는 있다. 그러나 경쟁과 각자도생, 일등만 기억하는 사회에선 이 당연한 진리를 잊고 살기 쉽다. 나를 일깨우는 건 한순간 마주친 그 애의 눈빛이다. 가난한 너도, 부족한 나도, 행복을 누릴 자격이 있음을 그 친구를 통해 배웠다.

배 속 아이와
함께 먹은
밥 한 그릇

짜장밥

●

◆

생협에서 산 춘장의 색은 검지 않았다. 캐러
멜 색소를 넣지 않았기 때문이다. 춘장을 볶을 땐 춘장
보다 기름을 두 배 정도 넉넉히 넣어야 한다. 약한 불에
서 뒤적여가며 춘장을 10분 이상 튀기듯 볶았다. 양파,

양배추, 감자 등 볶은 채소에 기름에 튀긴 춘장을 넣어
뒤적이다가 물을 붓고 끓였다. 마지막에 전분 물을 풀어
넣으면 연갈색의 걸쭉한 짜장소스가 된다. 소스를 밥에
부어 한술 뜨려는데 그만, 눈물이 쏟아졌다.

춘장을 산 건 배 속 아이 때문이었다. 심한 입덧으로 두 달 가까이 음식을 거의 먹지 못하고 있었다. 삶은 밤에서도, 깻잎에서도, 심지어 맨밥에서도 그렇게 역겨운 냄새가 날 수 있다는 걸 처음 알았다. 위가 비어 있으면 속이 더 쓰리고 메스꺼움도 심해서 그때그때 그나마 덜 역겹게 느껴지는 것들을 조금씩 목구멍으로 넘겨야 했다. 굶주림과 구토의 지옥에서 버티던 14주 차, 드디어 입덧이 서서히 가라앉는 기미가 보였다. 반갑게도 먹고 싶은 것도 하나둘 생기기 시작했다.

그중 가장 입맛을 당긴 건 짜장면이었다. 짜장면 한 그릇 먹으면 세상 부러울 게 없을 것 같았다. 하지만 캐러멜 색소 같은 식품 첨가물이 행여 아이에게 나쁜 영향을 미칠까 걱정이 되었다. 마흔이 다 된 노산에 출산 경험도 없고, 게다가 임신 초기여서 작은 것 하나에도 신경이 쓰이고 마냥 조심스러웠다. 몇 번을 망설였지만 끝내 중국집 전화번호를 누르지 못했다. 대신 생협에서 국산 춘장을 주문했다. 이제 며칠 있으면 짜장소스를 듬뿍 얹어 밥 한 그릇 뚝딱 비울 수 있겠지. 춘장이 올 날을 기다리며 입맛을 다셨다.

며칠 후 병원에서 정기 검진을 했다. 초음파 화면을

인생은
단짠단짠

78

보던 의사가 고개를 갸웃했다.

"아이가 잘못되었네요. 이 상태라면 자연 유산이 될 확률이 높아요."

의사가 무슨 말을 하는지 잘 이해가 가지 않았다. 멍하니 그저 화면만 바라보고 있는 나와 남편에게 의사가 말했다.

"하루빨리 중절 수술을 해야 합니다. 몇 주 지나면 아기집이 커지면서 배꼽 위쪽으로 올라가요. 그러면 나중에 산모가 위험할 수 있습니다."

믿기 힘든 현실이란 이런 상황을 두고 하는 말인가. 집에 오는 차 안에서 남편과 나는 번갈아 가며 눈물을 훔쳤다.

집에 돌아오니 현관 앞에 상자가 놓여 있었다. 병원에 간 사이 생협 물품이 배송된 것이다. 물건들을 정리하는데 춘장이 나왔다. '이제 필요 없는데. 반품을 해야 하나…' 잠시 망설이다 그냥 냉장고 안으로 쑥 밀어 넣어 버렸다.

그날 밤은 길었다. 낮에 본 초음파 영상이 자꾸 떠올랐다. 왜 자라지 못한 걸까. 어디가 불편했을까. 많이 힘들었을까… 낮 동안 꾹꾹 눌러 온 생각들이 머릿속을 휘저었다. 속도 메스꺼웠다. 입덧이 힘들어도 아이를 생각하며 참았는데 지금 이 메스꺼움은 아무 쓸모가 없지 않나. 괴로워할 이유도 견딜 이유도 모두 사라진 지금, 입덧을 느낀다는 것이 민망하고 거추장스럽기 그지없었다. 아이와 내가 함께 만들고 겪어온 이 모든 변화가 곧 사라질 거라니 황망했다. 동그랗고 단단해진 배 위에 손을 얹었다. 나와 함께한 14주의 시간이 부디 너에게 고통의 시간만은 아니었기를. 귓속에 눈물이 스며들었다.

　다음 날 아침 느지막하게 일어났다. 입덧은 한풀 꺾이긴 했어도 여전히 나를 괴롭혔다. 냉장고에 처박아둔 춘장과 채소들을 꺼냈다. 아직 배 속에 아이가 있다. '너랑 함께 먹으려던 것이니 헤어지기 전에 먹자.' 아이의 영혼에 바치는 마음으로 짜장소스를 만들었다. 그리고 짜장밥 한 그릇을 천천히 최선을 다해 먹었다.

　며칠 후 나는 어느 뒷골목의 산부인과 침대에 누워 있었다. 100만 원이 넘는 현금 다발은 이미 접수대에 올려놓았다. 진료 카드는 작성하지 않았다. 1인 침대가 있는 작은 방 하나를 배정받았다. 수술을 위해 약을 집어넣고 아픈 배를 부여잡고 열 시간 동안 침대를 뒹굴며 아이와 고통의 시간을 보냈다. 자궁 입구가 어느 정도

벌어졌을 때 수술대에 누워 전신마취를 했다. 마취가 살짝 깰 무렵이었나 보다. 밤솔이를 부르며 울고 있는 내 목소리가 어렴풋이 들렸다. 밤솔이는 내 아이의 태명이었다. 대기실에 있던 남편이 언제 왔는지 옆에서 눈물을 닦아주고 있었다. 그렇게 아이와 이별했다.

이후 한 차례 유산을 더 겪으며 다신 아이를 갖지 않겠다고 다짐했다. 또다시 아이를 잃을지 모른다는 두려움 때문만은 아니었다. 그보단 아이를 '제거'하는 과정에서 몸이 겪는 아픔과 고통이 크고, 뭔가 떳떳하지 않은 일을 저지르는 것 같은 죄책감이 견디기 힘들었기 때문이다.

우리나라에서 낙태(임신중절)는 부모에게 유전적 질환이나 정신장애가 있거나, 강간에 의해 임신한 경우에만 허용해왔다. '임신을 유지하는 것이 모체의 건강을 심히 해하고 있거나 해할 우려가 있는 경우'라는 조항도 있지만, 당시 내 건강은 괜찮았다. 나처럼 멀쩡한 여성의 배 안에서 더 이상 자라지 않거나 그럴 확률이 높은 아이와 존엄하게 이별할 방법을 우리나라의 법은 보장해주지 않았다. 법을 지키기 위해, 아이로 인해 내 몸이 상해서 위험해질 때까지 기다려야 했을까.

마음을 무겁게 한 건 또 있었다. 내가 수술을 받았다는 기록은 세상 어디에도 없다. 병원 입장에선 불법 수술의 증거를 남기지 않아야 했겠지만, 내겐 수술 과정에서 의료사고가 발생해도 책임을 묻고 적절한 보상을 받을 길이 없다는 뜻이기도 하다. 임신은 혼자 할 수 없는데 법은 임신중절수술을 한 여성과 의료인만 처벌한다. 함께 아이를 만든 남성의 책임은 오간 데 없다.

2019년 4월, 헌법재판소의 낙태죄 판결 결과를 전날부터 두근거리는 맘으로 기다렸다. 더는 나처럼 숨어서 아픔을 겪는 이가 없기를, 내 몸에 대한 선택과 결정을 스스로 하더라도 법으로 처벌받지 않기를, 안전한 환경에서 질 좋은 의료 서비스를 받을 수 있기를. 헌법불합치 판결 소식에 오랜만에, 잠시 내 몸에 품었던 밤솔이와 기쁨이의 이름을 애틋하고도 따뜻하게 불러보았다.

몇 년이 지났어도 생각하면 여전히 아프다. 희한하게도 유산을 한 시기만 되면 몸이 쑤시고 생리에 이상이 온다. 내 몸이 그날을 기억하는 건지, 심리적인 이유인지 알 수 없다. 유산의 아픔을 겪은 많은 이들에게, 임신중절의 쓰라린 경험을 함께한 이들에게 위로와 공감의 인사를 전하고 싶다. 헌법불합치 판결을 이끌어낸 용기 있는 멋진 여성들에게도 감사하다. 세상은 이런 사람들에 의해 좀 더 나은 방향으로 나아가는 거라 믿는다. 법에 여전히 남아 있는 낙태죄는 완전히 폐지되어야 한다.

2부

다디단

하루하루

바람처럼 가벼운
배낭을 메고

땅콩과 홍어

●

◆

엄마와 제주에 다녀왔다. 엄마의 60대 마지막 생일을 특별하게 보내고 싶었다. 걷는 걸 좋아하는 엄마와 내게 올레길이 있는 제주는 더 바랄 것 없는 최고의 여행지다. 하루 여섯 일곱 시간을 걸어야 하니 짐은 최소한만 가져가기로 했다. 여행 며칠 전부터 엄마에게 짐을 줄여야 한다고 당부하고 또 당부했다.

그런데 공항에서 엄마의 가방을 잠깐 들었다가 깜짝 놀랐다. 그리 크지 않은 가방이 이렇게 무거울 수가!

돌덩이나 아령 같은, 무게가 있는 무언가 들어 있는 게 분명했다. 뭐가 든 건지 궁금해하는 내게 엄마는 "별거 없다"라며 딴청을 부렸다.

탑승 수속을 밟고 나니 한 시간이 남았다. "뭐 먹을래?" 공항 의자에 앉아 핸드폰을 보고 있는데, 엄마가 부스럭거리며 껍질을 벗겨낸 큼지막한 감 두 개를 내밀었다. 봉지 하나에 한 개씩, 네 조각으로 나눈 것이었다.

"세상에, 이거 때문에 무거웠구나."

감이 어찌나 큰지 두 쪽 먹으니 배가 불렀다. 30분쯤 지났을까.

"심심한데 땅콩 먹을래?"

땅콩 포장지에 적힌 무게는 무려 300그램.

"엄마, 우리 제주도에서 밥 대신 땅콩만 먹어야겠는데?"

내 농담에 엄마는 그럴 리가 있냐는 듯, 쿠키 세트와 과자 봉지들을 줄줄이 꺼냈다. 황당한 나와 달리 엄마는 마냥 해맑았다. 이건 슬프고도 잔인한 데자뷔다.

몇 해 전 시아버지 칠순을 맞아 시댁 식구들과 제주에 갔을 때다. 고향이 전남 진도인 시댁 식구들은 다들 해산물 귀신이라 제주의 싱싱하고 푸짐한 먹거리에 대한 기대가 컸다. 숙소에 짐을 풀고 '본격적으로' 해산물 탐방에 나서기로 했다. 잠시 쉬는 시간, 과묵하신 어머님이 크고 무거운 가방 하나를 내놨다. 그 안에서 나온 것은 찰밥과 묵은지, 머리고기, 홍어였다. 삶은 밤과 배도 있었다. 할 말을 잃은 식구들 앞에 어머님이 말씀하셨다.

"묵을 것도 없이 무신 놀러를 간다냐. 묵을 게 있어야제."

열한 명의 식구가 둘러앉아 찰밥을 저녁으로 먹었다. 그날 식사 시간은 평소와 달리 무척 고요했다. 적당히 쫀득한 찰밥, 참기름 양념을 한 묵은지, 잘 삭은 홍어, 여기에 머리고기까지, 남다른 손맛을 가진 어머님의 음식들은 최고였다. 그런데 평소라면 몇 번 씹을 것도 없이 사라졌을 홍어가 자꾸 목에 걸렸다. 제주 음식을 먹지 못해서만은 아니었다. 울컥하면서도 안쓰러운 정체 모를 감정이 자꾸 가슴속에서 올라왔다. 최선을 다해 먹었지만 모든 음식이 많이 남았다. 다음 날 아침에도 똑같이 먹었다. 그제야 겨우 절반이 사라졌다.

그 음식들은 여행 내내 우리를 따라다녔다. 감귤 주스를 마시거나 아이스크림을 먹을 때면 어머님은 삶은 밤을 손에 쥐여 주었다. 그렇게 먹었어도 여행 마지막 날이 되도록 그 음식들을 모두 없애지 못했다. 남은 건 남편 손에 쥐어졌고 제주에서 돌아온 저녁에 다시 그 음식을 먹었다. 더운 날씨에도 전혀 상하지 않은 게 신비로울 따름이었다.

또다시 제주에서 그 '어머니'를 마주했다. 사실 엄마는 쿠키나 과자를 전혀 드시지 않는다. 그러니 엄마 가방에 든 과자들은 오로지 내 몫일 터. 생각해보니 엄마는 식구들과 어딜 갈 때면 늘 뭔가를 챙겼다. 떡일 때도 있었고 말린 고구마, 삶은 계란일 때도 있었다. 여행길에서도 식구들 먹을 것을 자신이 챙기려는 또는 챙겨야 한다고 믿는 이 '어머니들'을 찬양할 수도, 동정할 수도, 마냥 감사하게만 여길 수도 없어 서글펐다. 엄마의 일방적인 희생과 노동을 당연하게 여기며 자랐으나 뒤늦게 그것의 부당함과 폭력성을 깨달은 내게, 여전히 이어지는 그 행위, 그 생생한 가부장의 현장을 낯선 여행지에서까지 목도하는 건 부끄럽고 괴로운 일이었다. 엄마의 노동과 희생은 더 이상 달콤하지 않았다.

제주에 도착해 저녁을 먹고 숙소로 가는 길. 엄마의 배낭이 축 처져 무거워 보였다. 엄마에게 말했다. 엄마와 여행하는 건 내게 즐겁고 소중한 일이라고. 여행길에

서만큼은 엄마와 딸이 아닌 여행의 동반자로서 동등하게 즐거웠으면 한다고. 덜 힘든 사람이 더 힘든 사람의 짐을 나눠 가지면 좋겠다고. 그러니 엄마 가방 속 땅콩과 쿠키는 무릎이 튼튼한 내가 짊어졌으면 한다고. 나름 고심해 준비한 내 말에 엄마는 "이까짓 것 하나도 안 무겁다"라고 큰소리치며 발을 한 걸음 성큼 앞으로 내디뎠다. 엄마의 배낭에 내려앉은 노을을 바라보며 끝맺지 못한 말을 속으로 중얼거렸다.

'엄마, 앞으로 우리 바람처럼 가벼운 배낭을 메고 제주의 모든 올레길을 차례로 걸어봐요.'

●

◆

고집스러운
매실 한 조각의
맛

바야흐로 매실의 계절이다. 해마다 6월이면
시장에 매실 상자가 높이 쌓인다. 동글동글 탐스러운 초
록 열매에 이끌려 나도 모르게 그 앞에서 멈춰 선다. '매
실청 한번 담가볼까?' 지인에게 받은 매실청이 아직 많
이 남아 있고, 그마저 잘 먹지도 않으면서 자꾸 마음이
꿈틀댄다. 좋은 걸 보면 갖고 싶고 남들 하는 건 다 해
보고 싶은 지극히 자연스러운 충동이 유독 먹거리 앞에
서 자주 일어난다. 달랑 두 식구 사는 집의 냉장고가 언

제나 빈틈없이 만석인 이유다.

　여러 번 생각해도 매실청을 담그겠다는 건 욕심이고 호기심일 뿐이라 다독이며 그만 돌아서려 했다. 그 순간, 어떤 식감과 맛이 입안에 맴돌았다. 오독오독 아작아작, 그 뒤에 이어지는 달짝지근하고 짭짤하고 눈이 살짝 감길 만큼 새콤한 맛. 몇 달 전, 지인이 도시락 반찬으로 싸온 고추장에 버무린 매실장아찌였다. 아주 맛있다고는 할 수 없지만 계속 끌리는 매력이 있었다. 그때 잠시 생각했다. 나도 매실장아찌를 담가봐야겠다고. 아, 드디어 기다리던(사실은 잊고 있었지만) 매실의 계절이 왔고, 매실을 살 핑곗거리가 생겼다. 인터넷으로 10킬로그램을 사서 근처에 사시는 엄마와 반반 나누기로 했다.

　며칠 후 주문한 매실이 도착했다. 엄마 댁에 절반을 덜어놓고 집으로 돌아오자마자 매실 손질에 돌입했다. 나는 진작부터 인터넷에서 매실장아찌 담그는 법을 검색하고 씨 빼는 도구도 장만해두었다. 만드는 방법은 조금씩 달랐지만 많은 양의 설탕이 들어가는 건 공통이었다. 나는 매실을 소금물에 절였다가 설탕에 버무리는 방식을 택했다. 부담스러운 설탕을 그나마 적게 넣는 방법이었다.

매실 씨를 빼는 데 꽤 오랜 시간이 걸렸다. 씨를 뺀 매실은 다시 먹기 좋게 여섯 조각으로 나눴다. 지루하고 고된 작업 끝에, 드디어 큰 통 하나에 매실 5킬로그램과 설탕 3킬로그램이 차곡차곡 담겼다. 손목과 어깨가 뻐근했고, 일어서니 무릎에서 뚝뚝 소리가 났다. 그러고도 설탕이 완전히 녹을 때까지 두세 시간마다 뒤섞어주어야 했다. 완전히 작업이 끝난 후 매실 통을 들고 엄마네로 향했다. 엄마 집에만 있는 김치냉장고에 매실장아찌를 넣어두기 위해서다.

그렇게 엄마 댁에 도착했는데 뭔가 이상했다. 아무 일도 없었던 것처럼 주방이 깨끗했다. 매실을 씻고 다듬을 때 사용했을 큰 통들은 벌써 설거지가 끝나 물기가 다 말라 있었다. 장아찌는 이미 김치냉장고 깊숙한 곳에 자리를 잡은 상태였다. "아니, 어떻게 이렇게 빨리 끝냈지?" 의아해하는 내게 엄마는 별거 아니란 듯 "그냥 소금이랑 간장 대충 섞어서 담가버렸어"라고 했다.

"그럼 설탕은?"

"단 게 싫어서 안 넣었지."

엄마가 매실장아찌를 만들어보겠다고 했을 때, 나는 '매실은 설탕에 절이는 게 기본'이라는 설명을 수차례

했다. 단 걸 싫어하는 엄마가 설탕 범벅인 매실장아찌를 과연 맛있게 드실 수 있을까 하는 우려 때문이었다. 하지만 "나도 언젠가 먹어봐서 안다"라며 설탕까지 넉넉히 사놓는 모습에, 나는 안심하고 있었다.

그런데 막상 알 굵은 매실을 보자 엄마는 '이걸 다 다단 설탕에 버무리다니. 너무 달아서 못 먹게 되면 어쩌나' 하는 생각이 들었던 것이다. 그도 그럴 것이, 매실장아찌에 들어가는 설탕은 실제로 그 양이 어마어마하다. 엄마 마음이 이해가 가는 한편, 설탕을 뺀 매실장아찌는 들도 보도 못한 터라 걱정이 됐다. 하지만 이미 엎질러진 물이었다. 두고 보는 수밖에.

3주가 지나 다시 엄마 댁으로 갔다. 인터넷에서 알아본 바로는 지금부터 장아찌를 먹어도 되는 시기다. 과연 내가 만든 장아찌에서 그때 그 맛을 느낄 수 있을지, 가슴이 두근댔다.

내 방문에 엄마는 고개를 갸우뚱했다. 아직 덜 익었을 거란다. 나는 들은 척 만 척했다. "인터넷에는 분명히 지금부터 먹어도 된다고 나와 있다고요."

엄마 것과 내 것을 차례로 열어보았다. 내가 담근 매실은 무말랭이처럼 쪼글쪼글한 반면, 엄마 것은 총각

김치처럼 단단한 처음 모습 그대로였다. 엄마의 매실 한 조각을 살짝 씹었다가 바로 뱉어버렸다. 짜고 쓰고 시고… 세상의 몹쓸 맛을 매실 한 조각에 다 모아놓은 듯했다. 이 상태로는 시간이 지나더라도 절대 먹을 수 없겠다 싶었다.

　또 한편으로는 황당했다. 그렇게 열심히, 친절히 방법을 알려주었는데, 왜 내 이야기를 듣지 않았을까. 어떻게 자기 맘대로 세상 어디에도 없는 방법으로 장아찌를 담글 수 있을까. 그러고 보니 언젠가부터 엄마는 다른 사람 말을 잘 듣지 않았다. 자식들이 아무리 '이것'이라고 해도 엄마는 '저것'이라고 했고, 그 뜻을 절대 꺾지 않았다. 점점 고집스러운 할머니가 되어가는 것 같아 답답하고 화가 났다.

엄마 역시 실망한 표정이 역력했다. 나는 보란 듯이, 쪼글쪼글한 매실장아찌를 먹어보았다. 하지만 내 입에서도 "와!" 하는 탄성은 나오지 않았다. 매실의 신맛과 떫은맛은 빠졌지만, 아직 완전히 익지 않아 먹기엔 일렀다. 이번엔 엄마 말이 맞았다.

"어때? 잘 익었어?"

"김치냉장고 온도가 너무 낮은가? 아직 덜 익어서 며칠 더 둬야겠어."

나는 엄한 김치냉장고 탓을 하며 뚜껑을 덮었다.

집으로 오는 길, 여러 생각이 일었다. 엄마는 고집스러웠고, 나는 급했다. 엄마에겐 비록 매실은 아니더라도 온갖 장아찌에 대한 경험이 많았고, 나에겐 경험보다는 이런저런 정보가 많았다. 엄마에겐 자신의 경험이, 내겐 떠도는 정보가 진리였다. 고집이 '내가 맞다'는 생각에서 오는 것이라면, 경험만 믿고 남의 말을 안 들은 엄마나, 정보만 믿고 엄마의 경험을 존중하지 않은 나나 고집스럽긴 마찬가지였다.

다음 날, 엄마에게 전화가 왔다. 매실을 꺼내 설탕에 버무려보려고 하는데 어떻게 생각하느냐는 거다. 잘 모르겠지만, 뭐 괜찮을 것 같았다. 하마터면 '이번엔 설탕을 넉넉히 넣으세요'라는 말을 할 뻔했다. 매실장아찌에 대해선 딱 한 번 맛본 것 외에 겪은 바가 없고, 엄마와 나는 지금 경험을 쌓으며 함께 배워가는 중이며, 그 과정에 절대 진리는 없다는 걸 알면서, 또 한번 오지랖을 펄럭일 뻔했다. 매실장아찌 한두 번 망치면 어떤가. 그런다고 인생을 망치는 것도 아닌데.

전화를 끊고 나니 웃음이 났다. 시퍼렇게 살아 있는 매실을 보며 끙끙 앓듯 고민했을 엄마 모습이 선했다. 결국 딸내미의 말을 들어 설탕을 넣어보겠다는, 그 마음의 돌이킴이 좀 멋져 보이기도 했다. 고집을 피우고 내가 맞다고 우기다가도 한 발 뒤로 물러서기도 하면서, 엄마와 나는 이렇게 나이 들어가는 게 아닐까. 몇 주 뒤 엄마와 내 매실장아찌의 맛이 얼마나 시큼 달콤할지, 정말 기대된다.

다디단
하루하루

요리 못 하는 엄마와
양극단의 식성

　　만일 100명이 만든 김치찌개에 미식가들이 맛의 순위를 매긴다면, 그리고 그것을 맛볼 수 있는 기회가 내게 주어진다면, 아마 나는 중위권으로 올라갈 것도 없이 90등 정도에서부터 감탄사를 남발할지 모른다. 나는 웬만해선 음식 맛에 불만이 없다. 나만 그런 것이 아니라 나의 친언니와 동생도 마찬가지다. 그들은 자신이 좋아하는 음식에 대해선 낮은 수준의 맛에도 기꺼워한다. 무딘 입맛도 유전이 되나 싶다가도 저마다 식성이

제각각인 걸 보면 꼭 그런 것 같진 않다.

아무리 생각해도 원인은 엄마에게 있다. 정확히 말하자면 엄마의 요리 솜씨다. 가사 노동을 담당했던 엄마는 아주 성실하게 우리의 삼시 세끼를 차렸으나 음식을 맛있게 만드는 것에는 그다지 관심이 없었던 것 같다. 엄마가 가끔 도시락 반찬으로 싸주던 계란말이를 나는 '계란젓갈'이라 불렀다. 너무 짜서 아주 조금씩 베어 먹어야 했기 때문이다. 여럿이 도시락을 먹을 때면 가장 먼저 젓가락이 향할 정도로 인기 만점인 계란말이가 내 반찬 통에선 마지막까지 쓸쓸히 남아 있는 굴욕을 당했다.

"짭짤해야 반찬이 되지, 밍밍하면 밥이 안 넘어가." 우리의 입맛 따위는 가볍게 넘겨 짚어버리는, 엄마의 주장은 한결같았다.

흔한 것이 콩나물국과 미역국이라지만 사실 이 두 가지 국은 의외로 맛을 내기가 쉽지 않다. 내가 터득한 요리법에 의하면, 콩나물국엔 잘 우려낸 육수가 필요하고 미역국엔 고기나 조개를 넣거나 액젓과 국간장의 비율을 잘 맞춰야 맛이 난다. 어린 시절 우리 집 밥상에 일주일이 멀다 하고 올라온 콩나물국에는 멸치 육수와 다진 마늘이 들어갔고 미역국엔 음… 무엇을 넣었는지 요리를 한 엄마도, 먹기만 한 나도 기억하지 못한다. 어쩌면 미역과 약간의 마늘, 소금 말고 다른 건 들어가지 않았을 수도 있다. 엄했던 밥상머리 교육 때문에 우리는 각자에게 주어진 밥과 국을 싹 비워야 했다. 그래서 맛이 있든 없든 군말 없이 먹었다. 그리고 그 '맛없는 맛'에 길들었다.

그런데 어느 날부터 밥상이 달라졌다. 엄마 손이 금손이라도 된 건지 갑자기 모든 국이 맛있어졌다. 비결은 '고향의 맛' 조미료였다. 나는 처음으로 콩나물국 두 그릇을 비웠다. 밍밍하고 비릿했던 미역국과 조미료의 만남은 그야말로 혁명이었다. 미역국이 밥상에 오른 날이면 나는 콧노래를 불렀다. 엄마는 거의 모든 음식에 그 조미료를 넣었다. 그러니 내게 맛있는 음식이란 '조미료를 넣은 음식'일 수밖에 없다. 밖에서 파는 음식은 정말이지 죄다 맛있다.

지금 생각하면 엄마의 음식이 맛이 없었던 건 이유가 있다. 우선 음식에 고춧가루나 참기름, 깨소금 같은 양념을 충분히 넣을 수 없었다. 지금도 그렇지만 농산물 수입을 개방하기 전에는 양념류 값이 무척 비쌌다. 웬만큼 넉넉하지 않은 집에선 꼭 넣어야 할 곳에만 최소한의 양념을 했다. 두 번째로 어릴 때부터 엄마의 소망은 한 가지, 한 끼라도 배불리 먹는 것이었다. 감자는 그저 쪄 먹으면 그만이지 맛있게 요리한다는 생각을 할 수 없을 만큼 배가 고팠다. 먹을 걸 앞에 두고 맛을 논한다는 건 철없는 짓, 먹을 거 귀한 줄 모르는 짓, 복 달아나는 짓 이었다. 세 번째로 엄마도 맛있는 음식을 먹어본 적이 없 었다. 엄마는 농사짓는 부모님을 돕기 위해 일고여덟 살 때부터 없는 재료로 밥상을 차렸다. 엄마에게 요리란, 재 료를 먹을 수 있게 만드는 과정에 불과했다. 세상의 다 양한 맛을 경험해보지 못한 이의 상상력에는 한계가 있 게 마련이다.

단순한 조리 과정을 거친, 양념이 거의 안 된 음식 을 먹고 자라서인지 나는 조미료를 넣은 자극적인 음식 을 좋아할 뿐만 아니라 재료 본연의 맛이 나는 담백한 음식도 좋아하는, 양극단의 입맛을 두루 갖췄다. 두부를 뜨거운 물에 데쳐 젓가락으로 뚝뚝 떼어 먹는 걸 좋아하 면서도 매콤한 두부두루치기에 요란하게 밥을 비벼 먹 으며 콧등에 땀이 송송 차오를 땐 그렇게 신이 난다. 어 느 식당에 가든 맛있게 먹을 수 있는 음식이 반드시 하 나는 있을 거라는 자신감이 있다. 나는 새로운 음식이 두렵지 않고, 별것 아닌 것에서 좋아하는 맛을 발견할수 있어 행복하다.

"엄마 요리 솜씨 덕분에 내가 식성이 참 좋아."

이렇게 우스갯소리를 하면 엄마는 "나도 내가 한 게 참 맛있더라고" 하며 당당하게 답한다.

"엄마, 그건 아니고."

내 말은 듣는 둥 마는 둥이다. 맛 칼럼니스트나 미식가들은 아마 나와 엄마가 느끼는 이 행복을 죽었다 깨도 모를 것이다. 이 생에서 요리 못 하는 엄마를 만나 얼마나 다행인지!

●

◆

머리채 잡기 전
담장을 넘어온 국

"밥 잘 챙겨 먹고, 아침에 늦잠 자면 안 돼. 둘
이 싸우지 말고."

친척 결혼식이 있어 부모님이 서울로 올라가셨다.
집엔 언니와 나만 남았다. 언니는 초등학교 4학년, 나는

2학년. 학교에 지각하지 않기, 준비물 잘 챙기기, 연탄불
꺼트리지 않기. 부모님이 신신당부한 것들이다. 그중 가
장 큰 미션은 학교에서 돌아온 금요일 점심부터 토요일
점심까지, 무려 네 끼니를 차려 먹는 것이었다.

언니는 도시락을 싸 갔으니 금요일 점심은 내가 알아서 먹어야 했다. 혼자 있는 게 어색했던지, 그날 나는 친구를 집에 데려왔다. 엄마는 당시로선 귀한 김을 한 통 가득 구워놓고 가셨다. 엄마의 김구이는 소금이 뽀얗게 뿌려진 것이 특징이었다. 아주 짰다는 이야기다. 엄마가 미리 해놓은 밥과 김을 친구와 둘이 먹었다. 나는 평소처럼 김을 아껴 먹었다. 그런데 친구는 김이 짜지도 않은지 간식처럼 마구 입에 넣었다. '좀 덜 먹었으면…' 싶었지만 아무 말 하지 않았다. 어린 나이에도 없어 보이긴 싫었다.

오후 수업을 마치고 언니가 왔다. 참 이상했다. 그때까진 내 눈에 보이지 않던 김 가루들이 방 여기저기에 떨어져 있었다. 언니가 놀란 얼굴로 김 통을 열었다. 김이 반이나 없어진 걸 보고는 표정이 일그러졌다. 난감하고 화나고 슬프기도 한, 복잡한 표정이었다. 그도 그럴 것이 우리에겐 아직 해결해야 할, 세 끼니가 남아 있었다.

화를 내는 언니에게 나도 열심히 항변했다.

"내가 많이 먹은 게 아니라 친구가 먹은 거야."

"친구를 왜 데려와. 엄마도 없는데!"

"언니도 저번에 친구 데려왔잖아!"

결국 언니와 나는 목소리를 점점 높이며 큰 소리로 싸웠다. 곧 머리채도 잡을 참이었다. 그때 누군가 우리를 부르는 소리가 들렸다. 밖으로 나가보니 옆집 아주머니가 담장 위로 고개를 내밀고 있었다.

"느그 엄마 서울 가셨제? 이거 시래깃국인데, 무 봐라."

언니가 얌전히 국그릇을 받아들었다. 조금 전과 다르게 방 안은 고요했다. 언니는 국을 부뚜막 위에 올려놓으며 단호하게 말했다.

"이건 저녁에 먹을 거야."

싸움은 끝났다.

저녁 밥상에 그 국을 올렸다. 아무리 봐도 처음 보는 국이었다.

"아까 아줌마가 뭐라고 했지?"

"쓰레기국이라고 한 것 같은데."

"그치, 그치, 쓰레기국이라고 했지?"

국물을 떠 신중하게 맛을 봤다. 쿰쿰하고 뭔가 오래된 맛이 났다.

"정말 쓰레기 맛이 나!"

국물을 떠먹으며 언니와 난 키득키득 웃었다.

다음 날 아침, 동네 아주머니 집에 가서 머리를 빗고 학교에 갔다. 집에 오니 방바닥이 차가웠다. 언니가 아침에 갈아놓은 연탄불이 꺼진 모양이었다. 점심을 먹었던가, 굶었던가. 찬 방에서 빨래를 개던 중 둘이 동시에 잠이 들었다. 전화벨이 울렸다. 엄마였다. 언니가 울었던가, 내가 울었던가. 시내로 나오란 말에 버스를 탔다. 우릴 본 엄마가 웃으며 말했다. "아이고, 하루 사이에 꾀죄죄해졌네."

그날 저녁엔 짜장면을 먹었다. 집에 오자마자 언니가 엄마를 붙들고 말했다.

"엄마, 혜진이가 김을 다 먹어버렸어요."

"응, 잘했어."

사실 김 통에는 여전히 김이 반이나 남아 있었다.

나도 언니도 서로 눈치를 보며 먹지 않았기 때문이다.

"엄마, 옆집 아주머니가 쓰레기국을 쳤어요." 이 말을 하며 우린 또 웃었다.

엄마는 시래기 특유의 냄새를 좋아하지 않아 시래기로 음식을 하지 않았다. 그러니 우리가 시래깃국을 그날 처음 맛본 건 당연했다. 물론 지금은 시래기 철이 되면 일부러 몇 박스를 주문해 쟁여놓을 정도로 엄마도 나도 시래기를 좋아한다. 때마침 엄마가 시래기를 사놓았으니 가져가라며 전화를 하셨다. 하마터면 머리채를 잡을 뻔했던, 그날의 전쟁을 막아준 시래깃국. 오랜만에 그 국을 끓여봐야겠다.

다디단
하루하루

타르트란 말이
그렇게 어려워?

타르트

●

◆

주로 200자 원고지 열 장 내외의 짧은 글을 쓴다. 마감 일주일 전쯤 글 쓸 주제와 소재를 정하고 그 것들을 머릿속에서 이리저리 굴려본다. 주먹만 한 눈덩 이가 눈밭을 구르는 사이 둥그스름하게 커지듯이, 생각 의 몸집에도 살이 붙고 힘이 생긴다. 그리고 마감 당일 오후, 그 사이 좀 더 가닥이 잡힌 생각을 글로 옮기기 시 작한다. 마감을 코앞에 두고 글을 쓸 때의 심정은 딱, 도 망가고 싶은 맘뿐이다. 하루나 이틀 전에 글 쓰는 노력을 안 해본 게 아니다. 희한하게도 미리 써놓은 글은 마감 당일 퇴고를 할 때면 뭔가 억지스럽고 어이없고 초라하게 변해 있다. 결국 다 쓴 글을 엎어버리고 첫 문장부터 다시 시작한다. 그래서 언제나 내 원고는 마감 직전에야 담당자의 이메일 수신함에 도착한다.

짧은 글을 써나간 지 8년이 되었을 때, 원고지 쉰 장 분량의 글을 여러 편 쓸 일이 생겼다. 기한은 여섯 달. 평소 쓰던 양의 다섯 배에 달하는 긴 글을 쓰려니 시작부터 막막했다. 컴퓨터에 빈 문서만 열어놓고 첫 문장을 시작도 하지 못한 채 하염없이 시간이 흘렀다. 석 달이 지나고서부터는 쉬어도 쉬는 것 같지 않았다. 마감 기한을 넘기지 않기 위해선 이제부터 뭐라도 끄적여야만 했다.

생각해보면 분량이 늘어난 것만 문제는 아니었다. 그 무렵 낮잠을 자는 일이 부쩍 잦았다. 집에서 혼자 글을 쓰다 보니 늦잠을 자든, 온종일 드라마를 보든, 친구와 전화 통화를 한 시간씩 하든 뭐라 할 사람이 없다. 게다가 내 몸은 원고지 열 장짜리 원고를 만드는 데 최적화되어 있었다. 과연 나는 글을 한 편이나마 제대로 쓸수 있을까. 마감 약속을 못 지키는 건 아닐까. 하루하루지날수록 불안감이 밀려왔다. 뭔가 대책이 필요했다.

답답한 마음에 유튜브에 '시간 관리' '자기 관리'란 단어를 쳐봤다. 세상에는 나와 비슷한 유형의 사람들이 꽤 많은 모양이었다. 자기 분야에서 성공한 이들, 유명 입시 학원 강사들이 올려놓은 시간 관리법 영상이 무척 많았다. 그중 몇 개를 골라 공통 내용을 정리해보았다. 가장 먼저 해야 할 일은 일의 우선순위를 정하는 것이었다. 그리고 최상위에 있는 일을 처리할 시간을 가장 우선해서 확보해놓아야 한다. 그들의 조언에 따라, 오전 9시엔 무조건 책상 앞에 앉아 두 시간 동안 글을 쓰기로 했다.

그다음은 노력의 가시화. 즉 노력이 내 눈에 보이도록 만드는 것이다. 나는 약속을 지킨 날엔 달력에 스티커를 붙이기로 했다. 마지막으로, 이를 지속하기 위해선 적절한 보상도 필요하단다. 내겐 아침에 일어나는 것보다 긴 글을 한 편 완성하는 게 시급했다. 그래서 원고지 스무 장 분량의 글을 쓸 때마다, 평소엔 잘 하지 못하는 어떤 선물을 스스로에게 주기로 했다.

음, 어떤 보상을 할까. 영화를 볼까. 이건 너무 흔했다. 옷을 살까. 쇼핑은 시간도, 돈도 많이 드니 무리겠지. 자연스레 먹는 쪽으로 생각이 흘렀다. 좋아하지만 평소에 잘 먹지 못하는 것, 비싸지 않고 아주 흔하지 않고 과하지 않으면서도 보상이 되기에 충분한 것, 뭐가 있을까.

아, 그거면 좋겠다! 얼마 전 동네 빵집에서 본 타르트가 생각났다. 아몬드와 피칸, 마카다미아 같은 견과류가 소복하게 올라간 것인데, 시럽에 졸인 견과류에 윤기가 반드르르 도는 것이 아주 먹음직스러웠다. 가격은 한 개 3,000원. 몸에 좋은 것도 아니고 끼니를 대신할 것도 아닌데 좀 비싸게 느껴졌다. 몇 번 들었다 놨다 망설이다가 결국 원래 사려던 식빵만 들고 빵집을 나왔다.

단 한 번도 내 돈을 주고 사 먹어본 적 없는 그 타르트 정도면 원고지 스무 장의 보상으로 적절할 것 같았다. 외출했다 돌아오는 길, 큰마음을 먹고 빵집에 들렀다. 평범한 빵 사이에서 타르트는 오늘따라 더 빛나는 것 같았다. 책상에 올려두니 고급스러운 브로치를 보는 것처럼 가슴이 설렜다. 어서 글을 쓰자, 저 사치스러운 보석들을 입안 가득 넣어보자!

글은 생각만큼 빨리 써지지 않았다. 입맛만 다신 지 3일째 되던 토요일 아침, 여느 때처럼 책상 앞에 앉았다. 뭔가 싸한 느낌이 밀려왔다. 어라, 내 타르트, 어디로 갔지? 타르트가 보이지 않았다. 주위를 두리번거렸다. 의자 바퀴 사이에서 뭔가 나뒹구는 것이 보였다. 보석을 감싸고 있던 비닐이었다. 비닐 주변에 흩어진 타르트 잔해는 누군가 그 보석을 망가트렸음을 의미했다.

의심할 여지가 없다. 범인은 전날 밤 술과 함께 불금을 보내고 새벽에 들어온 남편이다. 그에겐 술에 취해 집에 오면 아무것이나 집어 먹는 버릇이 있다. 평소 좋아하지 않던 것도 우적우적 먹어 치운다. 그러곤 싹 잊는다. 한 마디로, 주사다.

이것저것 생각할 겨를이 없었다. 나는 안방 문을 열고, 한껏 벌린 입으로 술 냄새를 마구 뿜어대며 자고 있는 남편을 흔들어 깨웠다.

"내 타르트 왜 먹었어! (이 자식아!)"

"어… 안 먹었는데…."

남편은 중얼거리다 다시 잠에 빠져들었다.

이 타르트가 어떤 의미인지 분명히, 여러 번 이야기했는데. 알코올이 그 기억까지 싹 지운 걸까. 서운한 맘에 눈물을 쏟을 뻔했다. 화가 가라앉지 않아 주말 내내 남편에게 타르트 타령을 했다.

며칠 뒤 퇴근하고 집에 돌아온 남편 손에 제과점 봉지가 들려 있었다.

"그거 사 왔어."

'그거'라니? 뭔가 불길했다. 상자 안에 든 건 어이없게도 앙금이 들어 있는 밤만주였다.

"이게 아니잖아."

"비슷하게 생기지 않았어?"

"뭐가 비슷해."

"사실 어떻게 생겼는지 기억이 안 나…."

어휴, 이 주정뱅이를 어쩌면 좋을까.

다음 날 나는 타르트를 다시 사 왔다. 타르트는 그후로도 일주일은 그 자리에 있었다. '곰팡이나 다른 균들에게 타르트를 빼앗기면 큰일인데' 하는 조바심이 났지만 그렇다고 먹을 순 없었다. 글을 쓰기 위해 타르트를 샀는데, 타르트를 먹기 위해 글을 써야 할 판이었다. '오늘 밤에는 타르트를 먹고야 말리라!' 밤마다 똑같은 다짐을 하며 책상 앞에 앉아 자판을 두드렸다.

세상에서 가장
떠들썩한 비밀기지

생각지도 않던 행복이 찾아오는 순간이 있
다. 사랑스러운 조카들의 손을 한 짝씩 붙잡고 길을 걸
은 때처럼 말이다. 이들은 언니의 아들과 남동생의 딸로
각각 열 살, 일곱 살이었다. 자칭 타칭 조카 바보인 내가
다른 사람은 빼놓고 딱 우리 셋이서만, 이렇게 손을 잡
고 나란히 길을 걷게 될 줄 누가 상상이나 했을까. 나를
사이에 두고 큰조카와 작은조카 둘이서 쉴 새 없이 조잘
대는 걸 듣고 있자니 마냥 웃음만 나왔다. 이 길이 바로

꿈길이다.

지난 추석, 시댁에 내려가지 않았기에 가능한 일이었다. 결혼 후 무려 여섯 번의 명절을 치르는 동안 나는 내 친가 쪽 식구들을 제대로 만나지 못했다. 시댁은 내가 사는 곳에서 한참 떨어진 전남 진도. 오가는 시간이 많이 걸리는 데다 평소 자주 만나지 못하니 명절에라도 긴 시간을 보내고 싶다는 남편의 입장도 이해가 갔다. 그래서 명절 당일 차례를 지내고 곧장 처가로 가는 게 보통이지만 우리는 하루 이틀을 더 시댁에서 보낸 후 집으로 돌아왔다.

시댁 식구들과 지내는 것이 싫은 건 아니었다. 문제는 내 친정 식구들과 보내는 명절이 사라졌다는 것이다. 1년에 많아야 두세 번 만나 시간을 보내는 건 친정 쪽도 마찬가지였다. 명절날 가족들이 모여 있는 곳에 나만 없다는 것은 내게 말할 수 없는 허전함과 상실감을 줬다. 특히 조카들이 커가는 것을 명절에나마 드문드문 볼 수 있었는데 그마저 할 수 없다는 게 가장 아쉬웠다. 추석과 설날을 지낼수록 허전하고 아쉬운 마음이 커졌고, 서러움과 억울함이 쌓였다. 아무리 생각해도 이건 아니었다. 남편과 오랜 이야기 끝에, 일단 이번 명절은 각자 보

내기로 했다. 남편은 남편의 명절을, 나는 나의 명절을
보내는 것이다.

오랜만에 친가 식구들과 보내는 명절은 예상보다
훨씬 편안하고 충만했다. 몇 년에 걸친 설득 끝에 차례
상 음식은 점점 줄었고 이제 없애자는 이야기까지 나왔
다. 먹을 음식으로 나는 소불고기를, 언니는 해물찜을
준비해왔다. 엄마는 여느 때처럼 생선조림을 했다. 옥상
에서 삼겹살도 구워 먹고 돗자리에 누워 느긋하게 하늘
과 구름과 지나가는 비행기를 보며 이야기를 나누었다.
바로 그때, 작은조카가 "고모 집은 어디야?"라고 물었다.
"여기서 걸어서 10분"이라고 대답한 것이 꿈 같은 산책
의 시작이었다. 우리는 바로 자리를 털고 일어났다.

조카들도 나만큼이나 설렜던 걸까. 큰조카는 대뜸
우리 집에 비밀기지를 만들자고 했다. 작은조카는 무조
건 "좋아"라고 고개를 끄덕끄덕. 나는 나대로 이 귀여운
손님들에게 무엇을 대접할까, 머리를 굴리는 중이었다.
방금 밥을 먹어 배가 잔뜩 부른 상태고, 과자나 아이스
크림은 맘에 들지 않고…. 집 안의 문이란 문은 모두 꽁
꽁 닫아놓은 터라, 혈기 왕성한 아이들에겐 집이 좀 더
울 수 있으니 시원한 걸 해주고 싶었다. 아, 냉동실에 얼

다다단
하루하루

119

려둔 딸기가 있었지! 냉동 딸기를 우유와 함께 갈아 '진 짜 딸기 우유'를 만들어 줘야겠다. 딸기만으론 아이들이 좋아하는 단맛을 낼 수 없으니 꿀을 조금 넣을까? 아니면 바나나를?

집에 도착하자마자 작은조카가 이 방 저 방으로 뛰어다니며 탐색에 나섰다. 장롱 문을 열고 바닥부터 위까지 샅샅이 살피며 "고모 이거 뭐야?"를 스무 번쯤 묻고는, 다음으로 책상과 선반의 서랍을 차례로 열었다. 창가 화분의 이름을 묻기도 했다. 주방과 방을 오가며 틈틈이 내가 딸기 우유 만드는 것에도 참견을 했다.

"고모, 나 그 딸기 먹어볼래."

"아, 이거 그냥 먹으면 맛없을 텐데… 그래도 그냥 얼음보다는 맛있을 거야. 얼음이다 생각하고 먹을래?"

냉동 딸기를 하나씩 입에 넣고는 쌩하고 방으로 달려갔다. 뭐가 그리 재밌고 즐거운지 깔깔대고 웃느라 정신없다. 이미 여러 번 우리 집을 다녀간 큰조카는 '이모

가 글 쓰는 책상'의 아래 공간을 한참 살피더니 장롱에서 얇은 이불을 꺼내왔다. 책상 아래로 이불을 내려뜨리니 사방이 벽과 이불에 막힌 완벽한 비밀기지가 만들어졌다. 웃음소리가 저렇게 커서야 어디 비밀기지라 할 수

있을까 싶다만….

냉동 딸기를 갈 때 처음엔 우유를 조금만 넣어야 한다. 우유를 많이 부으면 딸기가 둥둥 떠다녀 칼날이 닿지 않는다. 딸기가 충분히 갈린 뒤 나머지 우유를 더 넣는 것이 팁이라면 팁이다. 단맛을 내기 위해 바나나도 넣었다. 몇 번 믹서를 돌리니 뚝딱 딸기 우유가 만들어졌다.

"딸기 우유 먹자."

우리 집에 온 가장 어린 손님들 앞에 두근거리는 마음으로 딸기 우유를 내놨다. 한 모금 맛을 보더니 누가 먼저랄 것 없이 엄지손가락을 치켜든다. 정말이지 사랑스럽다. 하나 가득 따라준 딸기 우유를 한 컵씩 싹 비운 걸 보니 내 배가 다 불렀다. 이마의 땀이 채 가시지도 않았는데 조카들은 다시 책상 아래로 들어가 뭔가를 큰 소리로 속닥거렸다. 잠시 후, 부르지도 않았는데 조카들이 비밀기지를 제 발로 나왔다. 어쩐지 근엄한 표정으로 큰조카가 말했다.

"이모, 우리 여기 비밀기지에서 뭘 할까?"

"응? 뭘 하다니?"

"기지를 세웠으면 미션이 있어야 할 거 아냐."

"그래? 뭘 하고 싶은데?"

"아무래도 기지니까… 비상식량을 먹는 게 어때?"

"비상… 식량?"

"응! 컵라면!"

조카 둘이 마주 보며 한참을 웃는다. 일단 오늘은 배가 부르니 다음에 올 땐 꼭 비상식량을 준비해 오자고 했다. 이 녀석들. 그래, 나도 좋아.

"이모, 비밀로 해야 돼. 엄마가 알면 혼낼지 몰라. 컵라면 못 먹게 하거든."

"못 먹게 하는 이유가 있지 않을까?"

"몸에 안 좋으니까… 그래도 맛있잖아. 비밀기지니까 절대 말하면 안 돼."

큰조카는 아예 서약서를 작성하자고 했다.

나는 비밀기지에 대한 비밀을 지키기로 약속합니다. 날짜와 서명을 적은 서약서 세 장은 모두 내가 보관하기로 했다. 다시 비밀기지에 모여 미션을 수행하는 날까지.

연휴가 끝나고 맞이한 일상. 문득, 걱정이 된다. 다음 명절에도 조카들을 만날 수 있을까. 우리의 비밀스럽고 은밀한 약속이 평화롭게 지켜질 수 있을까. 단정할 순 없지만 기다려봐야겠다.

인생은
단짠단짠

122

귤을 향한
무한 애정
무한 욕심

●

◆

10킬로그램짜리 귤 한 상자가 택배로 왔다.
유기농으로 농사지은 것을 선착순으로 판매한다는 지인
의 글을 읽고 빛의 속도로 입금한 지 사흘 만이었다. 귤
한 봉지 사둔 것이 있었지만 택배가 올 때쯤이면 싹 먹
어치울 거라 생각했다. 하지만 봉지 귤은 아직 절반이나
남은 상태. 식구도 없는 집에 귤 한 상자라니, 이건 욕심
이다.

하루 이틀 된 일이 아니다. 나는 어려서부터 식성이

좋고 먹는 걸 좋아했다. 아주 어릴 때 언니와 동생은 나를 '계란 귀신'이라 불렀다. 엄마가 간식으로 삶아준 계란을 한자리에서 세 개나 먹은 뒤로 두고두고 나를 놀리는 거였다. 그때 나는 일곱 살이었고 몸집도 작았으니 계란 세 개면 욕심을 좀 내었던 것도 같다. 아무튼, 어릴 때나 지금이나 먹는 것은 내 삶의 큰 행복 가운데 하나다.

초등학교 6학년 겨울방학 때, 부모님이 3-4일 집을 비우게 되었다. 우리는 몇 달 후 시골에서 인천으로 이사 갈 예정이었는데, 앞으로 살 집을 알아봐야 한다는 거였다. 떠나기 전날 엄마는 자잘한 귤 한 상자를 사 왔다. 그리고 똑같이 나눠 검은 비닐봉지 세 개에 각각 담았다. 언니와 나, 남동생이 각자 한 봉지씩, 부모님이 돌아오시기 전까지 먹을 간식이었다.

문단속 잘하고 연탄불 꺼트리지 말고 밥 잘 챙겨 먹으라는 당부를 남기고 부모님이 대문 밖으로 나가셨다.

나는 즉시 내 몫의 봉지를 열었다. 바닥에 쏟아 개수를 세어보니 마흔 개가 조금 넘었다. 귤 하나가 통째로 입에 들어갈 만큼 작았다. 속껍질도 얇고 앙증맞은 것이 무척이나 달콤했다. 한 개… 두 개… 정신을 차리고 보니 절반이나 사라진 상태였다. 언니와 동생은 난리가 났다. 나중에 자기들 몫을 내가 빼앗아 먹을 거라는 거다. 그러거나 말거나 나는 신경 쓰지 않았다.

그날 저녁, 속이 매슥거려 밥을 먹을 수가 없었다. 배를 문질러봐도 소용이 없었다. 나는 걸레가 담겨 있던 통에 입을 대고 헛구역질을 했다. 언니가 그럴 줄 알았다며, 내 등을 두드리는 건지 때리는 건지 하여간 세게 쳤다. 배 속이 출렁출렁하더니 씹지도 않은 귤이 올칵올칵 목구멍을 타고 통째로 올라왔다. 흐물흐물해진 노란 귤들을 보며 '내가 왜 이랬지?' 하는 생각뿐이었다.

성인이 된 이후까지도 여러 번 이유를 곱씹었다. 나한테 폭식증이 있었나? 그 이전, 이후로 비슷한 일이 없었던 걸 보면 그건 아닌 것 같다. 내가 정리한 건 대략 다음과 같다.

첫째, 많은 양을 그렇게 자율적으로 먹은 경험이 별로 없었다. 늘 적당히 부모님이 정해준 대로, 받은 만큼 먹다 보니 내 양이 어느 정도인지 몰랐다. 처음 주어진 자유 앞에 통제가 잘 안 됐다. 둘째, 위가 배부르다는 신호를 뇌로 보내기까지 걸리는 시간은 30여 분. 너무 빨리 먹어서 배부름을 인지하지 못했다. 씹지도 않고 삼킨 게 그 증거다. 셋째, 언니와 동생 말이 맞았다. 얼른 내걸 먹어 치우고 두 사람 것을 빼앗아 먹을 심산이 있었음을 인정한다! 넷째, 아마도 이 이유가 가장 클 것이다. 나는 귤이 좋다. 씹지도 않고 삼킬 만큼, 빼앗아 먹고 싶을 만큼 맛있다. 칼로 자르지 않아도 되고 달콤하고 씨도 없고 먹기가 편하다. 색깔도 예쁘고 냄새도 향긋하다. 내가 주황색을 좋아하는 건 귤 때문인지도 모른다. (내게 구토의 굴욕을 안긴 귤이지만, 도무지 싫어질 줄 모른다. 한번 체하면 그 음식을 꺼리게 되는 경우가 있다는데 나는 그마저도 예외인 모양이다. 어쩜 이리 식성이 좋은지)

오렌지가 흔해지고 고급스러운 황금향이 나와도 귤만큼 편하고 맛있고 싼값에 먹을 수 있는 건 없는 것 같다. 품종 개량으로 질긴 속껍질이 얇아지고 당도는 올라가고 있다. 시중에서 맛없는 귤을 찾기가 오히려 어려울 정도다. 귤 사랑이 멈추지 않는 만큼 귤 욕심도 한결같다. 그 결과 베란다에 귤이 넘쳐나게 되었다.

귤은 하나가 썩으면 다른 것들도 순식간에 썩게 된다고 한다. 가장 좋은 건 귤끼리 서로 닿지 않게 떨어트려 놓는 것. 큼직한 상자를 몇 개 구해 베란다에 늘어놓고 귤을 흩어놓았다. 아마 며칠 후면 저 귤 중 몇 개는 얇게 잘려 건조기 안에서 마르고 있겠지. 해마다 만드는 귤칩 또한 나의 귤 욕심의 결과다. 아무래도 썩을 것 같다 싶을 때, 귤을 얇게 잘라서 그냥 말리기만 하면 된다. 바삭하고 향긋하니 먹기가 아까울 정도다. 만일 아무리 먹어도 남는 귤이 있다면 얇게 자른 귤을 소쿠리에 담아 햇볕 좋은 날 바싹 말려보길 권한다. 새로운 맛의 향연에 빠지게 될 거다. 귤을 더욱 사랑하게 될 거다. 나처럼 말이다.

또 한 번 꿈꾸는
수산시장의
기적

상상과 현실 중에서 나는 확실히 현실 쪽에 관심이 많다. 다큐멘터리나 뉴스 이외에 드라마나 예능 프로그램에는 도무지 흥미가 생기지 않는다. 책도 소설보다는 과학이나 사회 현상을 다룬 것을 주로 읽는다. 판타지물은 지금까지 단 한 권도 읽지 않았다. 가끔 시대의 흐름에 발맞추기 위해 일부러 인기 드라마를 찾아보고 베스트셀러 소설을 읽기도 하지만 그때뿐이다. 이렇게 재미없고 시시한 취향 때문에 가뜩이나 빈곤한 상상력이 나날이 앙상해져 가는 건지도 모르겠다.

단 한 가지 예외가 있다. 요리를 주제로 한 만화책은 꽤 오랫동안 즐겨 읽었다. 2000년대 초반 신문에 연재되면서 인기를 끈 허영만의 『식객』은 아침마다 제일 먼저 읽은 것도 모자라 단행본이 발간되면 한 권 두 권씩 사 모았다. 그런데 여기서도 나는 '과연 어떤 요리가 어느 시점에 등장할까, 이 요리가 어떤 이야기와 버무려질까'에만 관심을 둔다. 아무리 반전에 반전을 거듭하는 스펙터클한 이야기가 전개되더라도 허구라는 생각 때문에 깊이 몰입하지 못한다. 아주 잠깐이었지만 『식객』의 남자 주인공 '성찬'이 내 이상형이었던 적이 있었다. 음식에 대한 해박한 지식, 누구와도 진솔하게 대화할 수 있는 친화력, 깊은 배려심, 성실함, 마당발 인맥, 외향적인 성격에 푸근한 외모까지, 내겐 너무나 완벽한 남자였다. 그러나 그 역시 판타지란 걸, 세상에 그런 남자는 어디에도 없다는 걸 진작 눈치챘다. '성찬'처럼 만화 캐릭터는 대부분 지나치게 성격이 과장되어 있고, 스토리는 선악 구분이 뚜렷하며, 주제는 끝내 권선징악을 벗어나지 않는다. 역시 현실과는 거리가 멀다.

이런 내 뒤통수를 친 만화책이 있었다. 몇 년 전, 아

다디단
하루하루

129

베 야로의 『심야식당』을 읽었다. 『심야식당』은 '밤 12시에 문을 열고 먹고 싶은 것을 주문하면 그날 들어온 재료로 만들 수 있는 것을 요리해 대접하는 것이 영업 방침인 기묘한 요릿집'이다. 책 한 권에 열다섯 가지 내외의 요리가 등장해 주인공들의 이야기에 맛을 더한다. 재미있긴 해도 비현실적이긴 마찬가지다.

그런데 2권의 〈게〉 편을 읽고는 멈칫했다. 크리스마스이브, 심야식당엔 그동안 가게를 오간 단골들이 하나둘 모여든다. 저마다 차례로 외롭고 우울하고 가슴 아픈 이야기를 하나씩 털어놓으며 위로와 공감의 마음을 주고받는다. 따뜻한 크리스마스 분위기가 무르익으려는 그때, 험악한 인상에 검은 선글라스를 쓴 한 남자가 가게 문을 열고 들어온다. 그는 조직폭력배 류 씨. 그가 탁자 위에 턱 하고 올려놓은 커다란 상자 안에는 킹크랩과 대게가 잔뜩 담겨 있다. 조폭의 등장으로 잔뜩 긴장했던 단골들은 순간 환호성을 지른다. 게살 발라 먹는 소리만 들리는 조용한 화이트 크리스마스라니⋯ 너무 완벽해서 비현실적인 이야기가 아닌가 싶지만, 실은 내게도 비슷한 순간이 현실에서 찾아온 적 있다.

10년도 훨씬 지난 어느 해 겨울, 12월 24일이었다.

애인과 함께 보낼 첫 크리스마스를 앞두고 우린 아침 댓바람부터 만났다. 그날 오후부터 애인의 집이 빌 예정이라 먹을 걸 준비해 둘만의 파티를 열기로 했다. 이것저것 가리지 않고 잘 먹는 나와 달리 입맛이 까다로운 애인은 싱싱한 해산물만을 편애했다. 날이 날이니만큼 우린 킹크랩을 먹기로 했다.

　이른 시간에 도착한 소래포구엔 손님이 그리 많지 않았다. 아직 그날 마수걸이를 하지 못한 가게들이 서로 좋은 가격에 물건을 주겠다며 호객 행위를 하는 통에 찬찬히 구경하기가 어려웠다. 혹여 붙잡혀 조개나 광어 따위를 충동적으로 사게 되면 파티 분위기를 그르칠 수 있었다. 눈치껏 곁눈질로 킹크랩 시세를 파악하며 빠른 걸음으로 시장을 돌아다녔다. 줄줄이 붙어 있는 가게 가운데 유난히 수조가 크고 깨끗한 집이 있었다. 수조가 새 것이어서인지 그 안에 든 킹크랩도 무척이나 튼실하고 좋아 보였다. 우리의 발걸음은 그곳에서 멈췄다.

　그곳 사장은 우리를 보고도 별말이 없었다. 이 크리스마스 대목에 손님을 한 명이라도 붙잡으려 안간힘을 써야 할 마당에, 사장의 눈빛엔 원인 모를 불안감이 가득했다. 우리는 중간 크기의 킹크랩 한 마리를 골라 가격을 물었다. 무게는 2킬로그램. 다른 가게들보다 몇천 원 저렴했다. 이번엔 유난히 큰 것을 짚어 가격을 물었다. 무게는 4킬로그램이 훌쩍 넘었다. 그런데 값은 2킬로그램짜리 두 마리 값보다 저렴했다. 애인과 나는 눈을 동그랗게 뜨고 마주 봤다. 이거 꿈인가?

킹크랩은 크기가 클수록 킬로그램당 값도 올라간다. 2킬로그램이 5만 원이라면 4킬로그램짜리는 10만 원을 훌쩍 넘는다. 침을 한번 꼴깍 삼킨 후 조금 다급하게, 재차 값을 확인했다. "얼마라고요?" 사장도 뭔가 눈치챘는지 눈동자가 크게 흔들렸다. 아까부터 이 가게를 눈여겨보던 옆 가게 사장이 한숨을 쉬며 뭔가 중얼거렸다. "그렇게 팔아서 어쩌려고⋯."

좋은 킹크랩을 싸게 사고 싶은 마음 한편으론 줄곧 사장의 눈동자가 왜 이리 흔들리는 건지 이유를 알고 싶기도 했다. 사려는 우리도, 팔려는 사장도 머뭇거리는

사이 또 다른 사장이 끼어들었다. "이 아저씨가 오늘 처음 장사하러 나와서 마수걸이할 참인데, 아무리 몰라도 그렇지, 이렇게 싸게 주면 옆 가게들은 어떻게 장사하라는 거야. 아저씨, 그렇게 팔면 안 돼."

행운이 저 멀리 날아가는 소리가 들렸다. 그럼 그렇

지, 현실은 냉혹한 거지. 사장의 눈빛이 그제야 제대로 돌아온 듯했다. 그래도 가격은 그대로였다. 왜냐하면 우린 첫 마수걸이 손님이었으니까. 장사하는 이들에게 생애 첫 마수걸이의 의미는 돈 몇만 원보다 힘이 셌다. 우리를 기분 나쁘게 보내지 않으려는 사장 덕분에 믿어지지 않는 가격에 큼지막한 킹크랩을 손에 넣고 날아가듯 집으로 왔다.

요리는 애인이 자처했다. 물에 와인을 조금 넣고 그냥 푹 찌는 게 전부였다. 잠시 후 식탁엔 엄청 큰 붉은 게 한 마리가 허연 김을 내뿜으며 엎드려 있었다. 가위로 다리를 숭덩숭덩 잘라 구멍에 젓가락을 넣으면 속살이 쏙 밀려 나왔다. 부드럽고, 달콤하고, 촉촉하고… 아, 이건 이 세상 맛이 아니야!

잠시 무슨 일이 있었던 걸까…. 퍼뜩 정신을 차리고 보니 어느새 상 위엔 게 껍데기만 가득했다. 양손은 온통 게 국물 범벅이고, 와인 잔도 얼룩덜룩 아주 지저분해졌다. 크리스마스의 낭만과 거리가 먼, 너무나 현실적인 풍경에 놓인 두 사람. 껍데기 잔해들을 치우고 비릿한 냄새가 없어지도록 식탁을 닦는 데에 한참 시간을 보내고 나니 와인으로 알딸딸했던 취기가 완전히 사라져 정신이 또렷해졌다.

　그렇게 첫 크리스마스를 보낸 뒤 다음 해, 그다음 해에도 몇 번인가 애인과 소래포구에서 킹크랩을 샀다. 그 사장과 우린 소래포구에서 다시 만나 그날 그때를 기억해내고, 좋은 분들이 마수걸이를 해준 덕분에 그간 장사가 잘됐으니 이번에도 킹크랩을 싸게 주겠다, 아니다 제값 받으셔라, 하며 선의의 실랑이를 벌이며 훈훈한 마무리를 하게 되었을까? 이게 소설이라면 말이다. 역시나 빈약한 상상력의 한계가 그대로 드러나고야 만다.

　그렇담 현실은? 그 사장의 얼굴을 기억하지 못해 애초에 알아볼 수가 없었다. 그리고 첫 크리스마스 때만큼 크고 맛있는 킹크랩은 다시 먹지 못했다. 제값을 치르려면 비싸도 너무 비싸니 말이다. 그도 그럴 것이, 그날의 애인은 징그럽게도 지금 남편이 되었고, 어느새 크리스마스는 조개찜이나 꽃게찜으로 대충 때우고 넘어갈 줄 아는 '프로 생활러'가 되어버렸다. 아무리 생각해도 그 킹크랩은 인생 최대의 진짜 '킹' 크랩이었다. 첫 마수걸이 손님이 되어 헐값에 킹크랩을 사는 드라마 같은 일이, 너무나 현실적이어서 팍팍한 내 삶에 다시 한 번 일어나 준다면!

달콤하고 탐스러운
젊은 날의 객기

복숭아 통조림

●

◆

복숭아의 계절이 왔다. 어렸을 땐 복숭아 맛
을 잘 몰랐다. 포도나 수박만큼 달지도 않고 딸기나 귤
처럼 확실한 향이 내겐 느껴지지 않았다. 그나마 단단하
고 아삭거리는 복숭아는 먹을 만했다. 하지만 팔꿈치까
지 과즙이 줄줄 흐르는 말캉하고 흐물흐물한 복숭아는
먹고 나서 손과 얼굴을 씻어야 하는 번거로움 때문에 먹
기 전부터 시큰둥했다. 물론 먹기 좋게 잘라 먹으면 좋
았겠지만, 복숭아는 으레 한 손에 한 개씩 쥐고 먹었다.

그렇게 먹다 보면 꼭 마주치는 게 있다. 복숭아에는 왜 그리 벌레가 많은지, 한껏 베어 물었다가 씨앗 주위에서 하얗고 통통한 애벌레가 삐죽 고개 내미는 걸 볼 때면 정말 기분이 별로였다. 때론 애벌레 몸통의 절반이 이미 내 입안에 들어가 있기도 했다.

"복숭아는 원래 밤에 먹는 과일이야. 안 보이니까 그냥 모르고 먹게 되거든. 옛날부터 여름 나려면 벌레 한 바가지는 먹는 거랬어. 괜찮아."

옆에서 엄마가 대수롭지 않다는 듯 말했다. 엄마가 괜찮다니 나도 그러려니 하고 먹었지만 영 꺼림칙했다.

복숭아를 좋아하게 된 건 스무 살 시절, 어느 사건이 있고 난 이후부터다. 학과 공부에 흥미가 없었던 나는 수업이 끝난 후 친한 사람들과 술자리에서 웃고 떠드는 재미로 학교에 다녔다. 다들 가진 게 없으니 안주는 싸고 양 많은 게 최고. 그래야 막차 시간이 올 때까지 버틸 수 있었다. 그날도 학교 앞 술집에서 고만고만한 안주를 시켜놓고 질펀한 수다를 한 판 떨고 있었다. 내 앞에 앉은 친구가 옆자리를 턱으로 가리키며 말했다.

"둘이 싸웠나? 안주도 안 먹고 나가네."

옆을 돌아보니 사람 없는 테이블에 노란 복숭아 통

조림이 가득 담긴 접시가 놓여 있었다.

"뭐야, 간 거야?"

"그런가 봐. 남자애 둘이 술 마시다가 한 사람이 나갔는데, 지금 보니 나머지 한 명도 없네."

의자에 옷이나 가방 같은 짐도 남겨 둔 게 없었다. 나와 친구들은 다들 어느 정도 취기가 올라 있었고 안주는 이미 한참 전에 바닥을 보인 터였다. 옆자리 복숭아가 반짝반짝 빛나듯 예뻐 보일 수밖에 없었다.

"아깝다. 우리나 주지."

친구의 한마디에 장난기가 발동했다.

"내가 가져올까?" 나는 말이 끝나기가 무섭게 덥석 접시를 집어 우리 테이블로 가져왔다. 놀라서 눈이 동그래진 친구들에게 "깨끗해, 아아아주 깨끗해. 먹자"라고 말했다. 나의 갑작스러운 객기에 친구들도 용기(?)가 났는지, 젓가락 네 쌍이 쏟아지듯 복숭아에 꽂혔다. 별로 좋아하지 않았던 황도가 그날따라 그렇게 달콤할 수 없었다. 우리는 증거를 없애기라도 하려는 듯, 순식간에 접시를 싹 비웠다.

10분이나 지났을까. 앞자리에 앉은 친구의 눈동자가 흔들렸다. 친구가 몸을 숙이고 내 귀에 속삭였다.

"야, 어떡해. 옆자리 애들 다시 왔어."

우리는 고개도 못 들고 그들의 반응을 살피려 귀를
열 배는 크게 만들었다.

"사장님, 여기 아까 시킨 황도 아직 안 나왔어요?"

"아니, 갖다 놨는데…."

사장과 그들의 시선이 동시에 우리 테이블로 향했
다. 사장은 단번에 알았다. 우리 앞의 빈 접시가 바로 그
황도 접시라는 걸. 상황을 파악한 그는 어찌해야 할지
몰라 당황한 초보 술꾼들 사이에서 보란 듯 노련하게
말했다.

"아, 저 테이블이랑 착각했나 보다. 얼른 다시 내드
릴게."

얼김에, 우리는 황도를 주문한 당당한 손님이 됐다.

그들은 안주를 시켜놓고 잠시 가게를 나갔다 들어
온 거였다. 담배를 피웠을 수도 있고 통화를 했을 수도

있다. 고 새를 못 참고 남의 안주에 손을 댄 게 너무나
창피했다. 사장의 배려 덕분에 옆 테이블과 얼굴 붉힐 일
은 겨우 모면했지만 민망함은 나의 몫이었다. 가뜩이나
술로 달아오른 얼굴이 부끄러움에 더욱 화끈거렸다. 다
른 곳으로 자릴 옮겨야 하나, 아까보다 한층 작아진 목

소리로 이야길 하고 있었다. 그때, 사장이 맥주 피처와 뜨끈뜨끈한 감자튀김을 양손에 들고 우리에게 다가왔다.

"어, 우리 안 시켰는데요?"

"옆 테이블에서 보냈어요. 아까 잠깐 오해해서 미안하다고."

사장은 우리를 향해 눈을 찡끗 감아 보였다. 우리는, 아 그쯤이야 괜찮다는 듯, 그들에게 너그러운 눈인사를 보냈다. 술자린 다시 이어졌다. 잠시 후 그들이 우리 테이블로 왔다. 그날 막차 시간은 다른 날보다 훨씬 빨리 왔던 것 같다. 한동안 우리는 그 술집에 자주 드나들었다. 물론 옆 테이블의 그들과 함께. 그리고 나는 복숭아를 좋아하게 됐다.

다디단
하루하루

●

◆

시험엔 엿,
얄미움엔 호빵

종교인, 철학자 등 시대의 멘토라는 이들은 한결같이 '지금, 여기'를 살라고 말한다. 나는 내 친구만큼 이 주문을 성실히 실천하는 사람을 본 적이 없다. 직장 동기로 만난 친구는 유행을 따르는 데 대단한 열정을 지녔다. 그 친구는 그즈음 인기를 달리는 드라마의 주인공과 똑같은 머리 모양을 했고, 노래방에 가면 인기가요 1위를 차지한 곡을 불렀다. 지하철에선 베스트셀러 책도 읽었다. 이 친구의 진가는 하루하루를 기념일처럼 보낸다는 데 있다. 비가 오는 날엔 칼국수나 부대찌개를 먹었고, 춥고 바람이 부는 날엔 웨스턴 부츠를 신었다. 가을 하늘이 높던 날, 이런 날엔 편지를 쓰고 싶다며 엽서와 편지지를 고르던 친구 모습이 지금도 또렷하다.

산만한 듯하면서도 뭔가 강직한 성품을 지닌 친구에게 이끌린 난 그녀와 자주 어울렸다. 그러나 가까이 지내면서 맘에 안 드는 부분도 하나둘 보이기 시작했다. 친구는 마음먹은 것을 이루지 못하는 것을 용납하지 못했다. 비 오는 날, 자주 가던 칼국숫집이 문을 닫으면 신발과 가방이 다 젖도록 다른 칼국숫집을 찾아다녔다. 끝내 먹지 못하게 되면 실패를 두고두고 되새겼다. 아무것이나 먹어도 상관없고, 무엇이든 포기가 빠른 나와는 아무래도 성격이 잘 맞지 않았다.

어느 해 2월, 지방에서 공무원 시험을 준비 중이던 남동생이 시험을 보기 위해 인천에 올라왔다. 시험 전날, 나는 그 친구와 약속이 있었다. 무심결에 동생이 내일 시험을 본다는 말을 친구에게 했다. 순간 그 친구의 눈빛이 반짝였다. "시험 볼 땐 엿을 먹어야지! 엿 사러 가자." 동생까지 챙기려는 마음이 일단은 고마웠다.

복잡한 번화가에서 엿을 팔 가능성이 가장 높은 곳

은 빵집이었다. 빵집 문을 닫기 전에 서둘러야 했다. 바야흐로 밸런타인데이 시즌을 맞아 빵집엔 초콜릿들만 산처럼 높이 쌓여 있었다. 그곳에 감히 엿이 들어설 자리는 없었다.

"요즘엔 시험 보기 전에 초콜릿도 많이 주는 것 같던데."

"아니야. 엿을 먹어야 돼."

친구는 단호했다. 알고 보니 이유가 있었다.

"친척 중에 서울대 간 오빠가 딱 한 명 있는데, 그 오빠 학력고사 볼 때 숙모가 시험 보는 학교까지 따라가서 교문 제일 좋은 자리에 큰 엿을 붙였대. 오빠가 솔직히 서울대 갈 실력은 아니었걸랑. 엿의 힘 아니었겠어?"

이렇게까지 신경 써주는 친구를 두고 있으니 나는 얼마나 행복한 사람인가. 마냥 감동하며 묵묵히 친구를 따라다녔다.

어느덧 네 번째 빵집에 들어섰다. 나는 슬슬 지쳐갔다. 그런데 그곳에서 하얀 찹쌀떡을 발견했다.

"찹쌀떡 좋다, 나 이거 사줘."

친구는 고개를 강하게 가로저었다.

"너 동생 빨리 붙길 바라는 거 맞아? 시험엔 엿이라

고. 다른 데 더 가보자."

나는 차마 화도 낼 수 없었다.

빵집을 찾느라 세 정거장을 더 걸었다. 구두를 신
은 발은 아프고, 손은 시리고, 배도 고파 눈물이 날 지
경이었다. 친구가 빵집마다 들어가 "엿 같은 거 없어요?
엿 같은 거 안 팔아요?" 하고 큰 소리로 묻는 것도 이젠
듣기 싫었다. 친구가 상스러운 욕이라도 내뱉은 듯, 부
끄러워 얼굴이 화끈거렸다. 친구는 여전히 주위를 두리
번거렸다. 나는 걸음을 멈췄다. 아까부터 쭉 참고 있던
말, 대체 누구를 위한 엿을 찾고 있느냐는 말을 해볼 작
정이었다. 긴장된 그 순간, 친구의 눈이 다시 한 번 반짝
였다. 편의점 입구에 놓인 호빵 광고판을 뚫어지게 보고
있었다.

"이번 겨울에 아직 호빵을 안 먹었네. 붕어빵이랑
호떡만 먹고 말이
야. 큰일 날 뻔했다.

우리 호빵 먹자!"

시험엔 엿이
라더니 이젠 겨울
엔 호빵이란다. 끝

까지 자기 욕망에 충실한 친구. 얄밉지만 왠지 이번에도 그냥 넘어가 줘야 할 것 같았다. 나도 배가 고팠으니까. 첫 호빵은 무조건 팥이라는 친구의 우격다짐에 손에 들었던 야채 호빵을 내려놓았다. 호빵은 따뜻하고 달았다. 추위에 떨다 뜨거운 호빵을 먹으니 콧물이 주룩 흘렀다. 그러고 보니 친구의 코와 귀가 새빨갰다. 서로를 가리키며 으하하 크게 웃었다. 호빵이 팽팽한 긴장을 끊어준 덕분인지 결국 그날 엿 대신 찹쌀떡을 살 수 있었다.

　정말 친구 말대로 시험엔 역시 엿이었던 걸까? 친구가 사준 찹쌀떡을 먹은 동생은 다음 날 치른 시험에서 불합격의 쓴맛을 봤다. 그래도 다행히 몇 달 후 합격했다. 내가 이런저런 직장을 옮기는 사이 그 친구와 연락은 끊겼지만 언제든 내가 마음만 먹으면 그 친구를 만날 수 있으리란 걸 안다. 방법은 간단하다. 1월 1일 추암 해수욕장에 가면 된다. 그 많은 인파 속에서 촛대바위 위로 떠오르는 새해 첫 일출을 배경으로 셀카 사진을 찍고 있을 테니까. 그 무렵 인기 있는 드라마 주인공의 머리 모양을 하고서 말이다. 아무렴, 사람은 쉽게 변하지 않는 법이니까.

끝없는 레시피와
무한한 식탐

브로콜리 콩 카레조림

●

◆

10여 년 전의 일이다. 동네에 한 시민단체가
운영하는 작은 도서관이 있었다. 지인의 소개로 그곳에
서 오전 시간에 책 대출과 반납을 처리하는 자원봉사를
했다.

그 도서관 옆에는 초등학생 아이들의 방과 후 활동
을 돕는 지역아동센터가 있었다. 지역아동센터와 도서관
은 현관을 함께 사용했고 출입구만 달랐다. 어느 한 곳
에서 마이크를 사용하거나 음악을 크게 틀면 다른 곳까

다디단
하루하루

145

지 그 소리가 들릴 정도로 가까웠다. 그래서 아이들이 공부방에 오는 오후가 되면 조용한 도서관에도 활기가 돌았다.

봄비가 내리던 3월이었다. 궂은 날씨 때문인지 오전 내내 도서관엔 사람이 없었다. 심심하기도 하고 배도 고파 집에서 싸 온 주먹밥을 먹으려던 참이었다. 밖에서 누군가 우는 소리가 들렸다. 나가 보니 공부방 앞에서 한 아이가 울고 서 있었다. 며칠 전 초등학교에 갓 입학한 여자아이였다. 우산을 제대로 쓰지 못했는지 앞머리와 가방이 젖어 있었다.

"무슨 일이야? 왜 울고 있니?"

"문이 잠겼어요."

담당 교사에게 전화를 하니 점심을 먹으러 이제 막 나간 참이라고 했다. 아이들은 학교에서 점심 급식을 먹고 공부방으로 오기 마련인데 그날 무슨 일인지 그 아이

가 다니는 학교에서 급식을 주지 않았다. 이 사실을 미처 알지 못한 담당 교사는 평소대로 문을 잠그고 식사를 하러 간 것이었다. 나는 비밀번호를 눌러 아이와 공부방에 들어갔다.

이 아이의 점심을 어떻게 해야 하나, 잠시 고민하고

있는데 그사이 눈물을 그친 아이가 주섬주섬 책가방에서 도시락을 꺼냈다. 아하, 이 친구도 집에서 밥을 싸 왔구나. 우리는 같이 도시락을 먹기로 했다.

배가 고팠는지, 아이는 입을 오물거리며 밥과 반찬을 야무지게 삼켰다. 내가 싸준 도시락도 아닌데 괜히 흐뭇하고 기분이 좋았다. 이런저런 이야기를 하며 함께 밥을 먹자니, 이 아이와 동무가 된 듯한 기분이 들었다. 그러면서도 나도 모르게 아이가 불편한 건 없는지, 자꾸 살피게 됐다.

맛있게 먹는 모습 때문일까. 자꾸 그 애가 싸 온 낯선 반찬에 눈길이 갔다. 브로콜리를 강낭콩과 함께 걸쭉한 소스에 조린 것인데 색깔로 봐선 아마도 카레 가루를 넣은 듯했다.

카레소스와 브로콜리, 강낭콩은 생각해보지 못한 조합이었다. 어떤 맛일지 상상할수록 맛이 궁금했다. 하지만 반찬은 아이가 먹기에도 빠듯한 양이었다. 더군다나 나는 시래기를 넣고 주먹밥을 만들어 온 터라 아이와 나눠 먹을 반찬도 없었다.

나는 궁금함을 참지 못하고 딱 한 개만 브로콜리를 먹어보기로 했다.

"너 참 맛있게 먹는다. 이거 나도 좀 맛봐도 될까?"

아이는 아주 흔쾌히 고개를 끄덕였다. 브로콜리 하나를 입에 넣었다. 짭조름한 간장 맛과 카레 향이 브로콜리에 촉촉하게 배어들어 있었다. 브로콜리 특유의 씁쓸한 맛도 거의 느껴지지 않았다. 브로콜리는 데쳐서 초고추장에 찍어 먹는 줄만 알았더니, 이렇게 만들 수도 있다는 게 놀라웠다. 나는 강낭콩 맛도 궁금했다. 아이의 반찬은 아무래도 밥에 비해 부족해 보였다. 어린아이의 반찬을 자꾸 빼앗아 먹는 건 어른으로서 적절치 않다고 생각했다. 하지만 입안에 남은 카레 향의 여운은 진했다. 나는 이번엔 묻지도 않고 강낭콩을 집었다. 부드럽게 잘 익은 콩과 카레소스는 훌륭하게 어울렸다. 채소 반찬의 새로운 발견이었다.

그날 집에 오는 길에 브로콜리 한 송이와 생강낭콩, 카레 가루를 사 왔다. 브로콜리를 데쳐 건져놓고 물에 간장, 카레 가루, 올리고당을 섞어 우르르 끓이다가 콩을 넣어 푹 익혔다. 콩이 완전히 익고 소스가 걸쭉해졌을 때 데친 브로콜리를 넣어 휘휘 섞었다. 마지막으로 통깨를 뿌렸다.

낮에 먹은 것과 비슷한 맛이 났다. 새로운 레시피를

얻어 기분이 좋았다. 한편으론 아이가 배부르다며 남긴 두어 숟가락의 밥이 자꾸 맘에 걸렸다.

　나는 요즘도 가끔 그 반찬을 해 먹는다. 그때마다 아이의 반찬을 탐내던 내 모습이 떠올라 민망하기도 하고 웃음도 난다. 사람의 식욕은, 아니 나의 식탐은 어디까지일까 가늠해본다. 새로운 레시피의 수만큼이나 멀리 뻗어 나간 듯 끝이 보이지 않는다. 세상은 넓고, 먹고 싶은 건 많다. 아무리 그래도 아이 반찬에는 손대지 말지어다!

다디단
하루하루

●

◆

늬들이
파르페 맛을 알아?

내게는 나와 열 살 안팎으로 나이 차이가 나는 여섯 명의 어린 친구들이 있다. 30대 초중반인 그들과 복작복작한 인연을 이어온 지도 꽤 되었다. 졸업과 취업, 결혼 등 변화를 겪으며 전국 각지에 흩어져 살게 되었지만 단체 대화방을 통해 수시로 소소한 일상을 공유한다.

그래도 역시 직접 만나 눈빛과 표정까지 주고받아야 대화의 맛이 제대로 산다. 1년에 한두 번은 날을 잡아 1박 2일을 꼬박 함께 보낸다. 하지만 이런저런 사정으로 먼저 자리에서 일어나야 하는 친구가 한둘은 있게 마련. 나는 아쉬운 마음을 노래로 표현한다. "가지 마라, 가지 마라, 가지 말아라아." 신형원이 부른 〈개똥벌레〉의 한 부분이다. 내 노래를 듣고 친구들은 "대체 언제 적 노랜 하는 거냐"라고 면박을 준다. 〈개똥벌레〉가 나온 건 1987년이니, 그들이 태어나기 전이거나 신생아, 또는 돌잔치를 이제 막 치렀을 시기다. 내가 태어난 1970년대 후반에 유행한 노래를 검색해보았다. 최헌의 〈오동잎〉, 샌드페블즈의 〈나 어떡해〉, 혜은이의 〈감수광〉… 음, 무척 오래된 느낌이긴 하다. 그래도 〈개똥벌레〉는 나름 국민가요라 생각했는데 너무 노골적으로 옛날 사람 취급을 받으니 살짝 서러웠다.

사실 놀림의 역사는 우리가 만나온 시간만큼이나 길다. 이 친구들과 막 친해지기 시작할 무렵, 내가 무심코 "커피숍 갈까?"라고 한 것이 문제였다. "와, 커피숍이래. 그거 옛날 말 아냐?" 나는 뭐가 문제인지 알 수 없다. "요즘은 카페라고 하지. 커피숍이라고 하니까 무슨 옛날 다방 같네. 커피숍에서 쌍화차도 팔아?" 언제 커피숍을 카페로 부르기로 한 거지? 그런 건 누가 정하는 건지 모르겠지만, 바뀌기 전에 전 국민적으로 좀 알려주면 좋겠다.

어쨌든, 친구들과 커피숍이 아닌 카페에 갔다. 아, 내 입이 방정이었을까. "요샌 왜 파르페가 없을까. 나 그거 좋아하는데." 이 한마디에 또 한 번 난리가 났다. "그거 일본 만화책에서 본 것 같은데, 우리나라에서도 팔았어? 어떤 맛이야? 궁금하다." 친구들의 표정은 아까와 달리 진지했다. 이 아이들은 파르페를 정말로 몰랐다.

나는 한때 'X세대'였다. 1990년대 중반, 20대 초반이었던 내 또래를 사람들은 그렇게 불렀다. 미지수 'X'처럼, 한마디로 정의할 수 없는 다양한 개성을 지닌 세대란 의미다. 국가적으론 경제 호황의 막바지였고, 풍요와 여유는 생활과 문화에도 영향을 미쳤다. '여성스러움'과 '예쁨'을 뛰어넘어 내가 하고 싶은 대로 남과 다른 머리 모양, 독특한 옷차림을 하고 다녀도 남의 시선이 전혀 신경 쓰이지 않았던 아주 짧은 몇 년이었다.

당시 '커피숍'에서 가장 인기 있는 메뉴는 '파르페'라는, 음료도 아니고 아이스크림도 아닌 디저트였다. 파르페는 기다란 유리잔에 시리얼, 아이스크림, 후르츠칵테일, 주스, 생크림, 초콜릿 시럽, 웨하스, 초콜릿 과자 등

다양한 재료를 차곡차곡 예쁘게
쌓아 만든다. 프랑스어로 '완전
한'이란 뜻이라는데, 정말 파르페
하나로 풀코스의 디저트를 즐길
수 있다. 나는 파르페를 무척 좋아
했다. 보기에도 예쁘고 숟가락으
로 이것저것 퍼 먹는 재미도 좋았
다. 어찌나 좋아했던지, 여운을 오
래 남기려는 마음에 파르페 맨 꼭
대기에 꽂혀 있던 종이우산 장식을 따로 모으기도 했다.
2000년대 들어 생과일주스가 인기를 끌면서 나도 한동
안 파르페를 잊었다. 그리고 어느 순간 파르페는 자취를
감췄다.

하여간 그날 이후로 쭉, 난 친구들 사이에서 완전히
노땅이 됐다. 뭐 그리 억울할 것도 없었다. 내가 그들보
다 나이가 많은 건 분명한 사실이고, 우린 세대가 다른
만큼 즐긴 문화도 다르니까. 당시의 '핫한' 문화가 지금
은 다른 것으로 바뀌었을 뿐이다. 머리로는 이해하지만
가끔 소외감이 드는 건 어쩔 수 없다.

위로가 되는 건, 톱스타들도 커피숍이란 말을 사용

한다는 거다. 한번은 〈밥블레스유〉라는 프로그램에서 방송인 최화정이 '커피숍'이라 말하는 걸 똑똑히 들었다. "와, 커피숍이래. 연예인도 어쩔 수 없네!" 나는 혼잣말을 하며 큰 소리로 웃었다. 하지만 최화정과 함께 있던 송은이와 이영자, 김숙 중 그 누구도 커피숍을 '카페'로 정정해주지 않았다. 그들에게도 커피숍은 전혀 이상하게 들리지 않는 익숙한 단어였던 거다. 갑자기 그들에게 깊은 동질감을 느꼈다. 조금 전 최화정을 비웃은 걸 급히 취소하고, 전국에 흩어져 있는 내 어린 친구들을 향해 혼잣말을 중얼거렸다. "늬들이 파르페에 꽂힌 종이우산 모으는 재미를 알아?" 아, 그때 그 시절의 파르페, 다시 한번 먹을 수 있다면!

나와 함께
감자를 먹는 사람들

삶은 감자

●

◆

누구나 살면서 '그땐 내가 좀 멋졌지' 하는 순간이 있을 것이다. 내게도 그런 기억이 있다. 초등학교 1-2학년쯤 때의 일이다. 쌀쌀한 어느 오후, 그날따라 비가 왔는지 언니, 남동생과 함께 방에서 놀고 있었다. 텔레비전이 온종일 나오던 때도 아니고 집 안에 놀 거리가 그리 많지 않던 시절이었다. 아랫목에서 담요를 덮고 엎드려 있자니 지금 이 순간 내게 필요한 것, '이것만 있으면 딱 좋겠다' 싶은 어떤 것이 생각났다. 그러니까 작은 소원 하나가 머릿속에서 반짝 떠오른 것이다. 가뜩이나 심심하던 차에 그 이야기를 언니와 남동생에게 해보고 싶었다. 그 작은 바람을 이야기하는 것만으로도 마치 소원이 이루어진 듯 기분이 좋아질 것 같았다.

"우리 소원 한 가지씩 말해볼래?"

언니와 동생이 눈을 동그랗게 떴다.

"소원?"

"음… 그냥 하고 싶은 거 있잖아."

"그래, 좋아."

나는 언니와 동생이 각자 소원을 말할 때까지 기다리기로 했다. 내 소원은 생각만 해도 너무 행복한 거니까, 두 사람도 분명 좋아할 테니까, 아껴두었다가 맨 마지막에 툭 터트려 언니와 동생을 깜짝 놀라게 하고 싶었다.

나보다 두 살 많은 언니는, 공부를 잘해서 부모님에게 칭찬을 받는 것이라는, 재미없고 고리타분한 소원을 말했다. 세 살 어린 남동생의 소원은, 돈 많은 부자가 되는 거라는, 이 또한 흔하기 그지없는 소원이었다. 드디어 내 차례가 왔다.

"내 소원은, 담요를 뒤집어쓰고 콧물을 흘리면서 뜨

거운 감자를 먹는 거야."

이 얼마나 솔직하고 따뜻하고 실현 가능한 멋진 소원인가!

"어! 나도, 나도! 감자 먹고 싶다! 엄마한테 우리 감자 쪄달라고 하자!" 내가 기대한 건 이런 대답이었다. 격한 공감과 감탄사가 나오리라 생각했는데 언니와 동생의 반응은 예상과 달랐다. 내 말이 끝나자마자 두 사람은 웃기 시작했다. 얼마나 웃겼으면 손으로 방바닥을 두드리고 장판 위를 대굴대굴 굴렀다.

"으하하! 콧물이래, 콧물! 하하하."

나는 어이가 없었다.

"뜨거운 감자 먹으면 콧물이 나오잖아!"

"나는 콧물 안 나오는데?"

역시, 어느 집이나 언니들은 동생을 놀려먹는 데에 타고났다. 말주변이라도 있었다면 나름 항변도 하고 내 소원의 이유를 근사하게 표현했겠지만, 그러기엔 나는 너무 어렸다. 그냥 다 같이 감자를 먹고 싶었을 뿐이었는데. 나는 그만 감자 이야기는 목구멍 안으로 쑥 집어넣었다.

그날 이후로 나는 '콧물, 콧물' 하는 놀림을 받아야

했다. 엄마가 삶은 감자를 간식으로 내놓기라도 하면 어김없이 '콧물' 이야기부터 나왔다. 아이 세 명쯤 함께 자라는 집에선 뭔가를 먹을 때 말을 많이 하면 손해다. 그만큼 덜 먹게 되니 말이다. 나는 놀림에 일절 대꾸하지 않고, 열심히, 가끔 콧물도 훔치면서 감자를 주워 먹었다. 한편으론 '그게 그렇게 놀릴 일인가?' 하는 생각에 억울한 맘도 있었다. 놀림은 중학교 때까지 이어지다가 서로 바빠 함께 삶은 감자 먹을 일이 없어지면서 저절로 사라졌다. 그리고 그 일을 나도, 식구들도 잊었다.

서른 살이 넘어, 친한 친구들과 맥주 한 잔씩 앞에 두고서 앞으로 어떻게 살 것인지 막연한 미래에 대해 진지한 이야기를 나누게 됐다. 사실 우리가 바라는 건 일상의 작은 행복인데, 우리가 보내는 하루하루는 그와 거리가 멀었다. 온종일 책상 앞에 앉아 컴퓨터 화면과 전화기, 서류를 바라보느라 하늘 한 번 쳐다볼 여유가 없었다. 결혼을 해도 안 해도, 직장이 있어도 없어도, 미래가 막막하고 불안한 건 마찬가지였다. 나도 맞장구를 쳤다.

"우리가 뭐 거창한 걸 바라는 것도 아니고 적당히 벌고, 좀 쉬고, 일하면서 존중도 받는, 그런 소소한 삶을 원하는 건데 말이야. 나는 어릴 때부터 돈이나 성공에는 욕심이 별로 없었거든." 그리고 내 입에선 오래전 그 '삶은 감자와 콧물' 이야기가 튀어나왔다. 기억하고 있는 줄도 몰랐던, 별것 아닌 이야기를 꺼낸 것 같아 창피해져 얼른 이야기를 마무리 지으려던 그때, 친구들이 "오!" 하는 탄성을 보냈다.

"어린 나이에 기특한 생각을 했네."

"그때 이미 인생을 알았구나."

"어린애가 그런 생각을 하다니 신기한데?"

예상치 못한 반응에 얼떨떨했다. 긴 세월을 사이에 두고 드디어 공감을 받게 되어서인지 괜히 마음이 찡했다.

한 친구가 말했다.

"정말, 우리 나중에 그렇게 살면 좋겠다. 다 같이 모여서 감자나 삶아 먹으면서 사는 거지."

"맞아. 나이 들면 외로울 것 같아."

"우리 건물 하나 지어서 한 층씩 들어가서 살까?"

"그러려면 돈 많이 벌어야겠는데. 이 중에 누가 돈을 많이 벌까?"

아무도 자신 있게 나서는 이가 없었다. 우리는 동시에 으하하 웃음을 터트렸다.

"야, 우리 로또 사자. 당첨되면 건물 짓는 거야!"

"당첨되더라도 잠수 타기 없기!"

"잠수 타면 끝까지 쫓아가는 거지."

감자에서 로또로, 이 갑작스럽고 가파른 소원의 도약에 정신이 아찔했다. 그런데 친구들과의 로또 이야기가 어린 날의 그 감자만큼이나 순박하게 느껴지는 건 왜일까. 기대할 것 없는 미래에 한 가닥 희망은 그래, 너희들뿐이다. 감자 하나에도 기꺼워하며, 실없는 농담을 치며 나와 함께 소소한 행복을 이루어갈 친구들. 그 사이 10년이 훌쩍 지나, 친구들은 전국 각지에 흩어져 사는 것도 모자라 심지어 머나먼 타국으로 이민을 갔다. 언젠가 모두 모여 감자를 삶아 먹으며 울고 웃는 그날까지 각자의 자리에서 잘 살자.

다디단
하루하루

3부

인생의

맛은

예측불허

초보운전의
뜻밖의 안전제일

감자 핫도그

●
◆

대학교 2학년 때 친구가 자주색 소형차를 몰
고 나타났다.

"엄마 차야. 어제 받았는데 기념으로 타보려고. 면허
만 따고 운전을 못 해봤거든."

언제든 놀러 가고 싶어 안달이던 난 눈이 반짝반짝
해졌다.

"야, 우리 수업 빼먹고 놀러 갈래?"

"그럴까. 어디 가고 싶은데?"

당장 떠오른 건 월미도였다.

"월미도 가서 해 지는 거 보자! 내가 감자 핫도그 사줄게."

친구가 "오케이" 했다.

친한 친구 몇 명에게 월미도에 놀러 가자고 했다. 다들 노는 데에 한가락 하는 친구들이라 당연히 따라나설 줄 알았는데 웬일인지 하나같이 떨떠름한 표정으로 고개를 가로저었다.

"그럼 그냥 우리 둘이 가지 뭐. 괜찮지?"

"당연하지. 근데 너 길 알아?"

"야, 나 인천 토박이잖아. 내가 월미도 가는 길을 모르겠냐?"

내비게이션이란 게 있는 줄도 몰랐다. 친구는 기세등등하게 시동을 켜고 스틱을 잡았다. 차는 학교 앞 도로를 빠져나왔다. 창문을 열고 늦여름 오후의 바람을 느꼈다. 느긋하고 여유로웠다. 그런데 어쩐지 다른 차들

이 전부 우리를 앞질러 가는 것 같았다. 굳이 '초보운전'이라 써 붙이지 않아도 운전자들이 알아서 피해 가다니, 신기했다. 얼마나 달렸을까. 어느 순간부터 주위에 커다란 트럭이 많아졌다. 경적도 자주 울렸다. 친구는 앞만

바라본 채 묵묵히 운전할 뿐이었다.

월미도 가는 길은 인천항으로 향하는 길이기도 했다. 월미도에 가까워질수록 물류를 실어 나르는 큰 트럭이 점점 많아졌다. 우리가 탄 작은 차를 사이에 두고 여기저기서 크게 경적을 울려대는 통에 혼이 나갈 지경이었다. 그때였다. 내 옆으로 커다란 트럭이 바짝 붙었다. "야, 이 XXX야! #$^+@&…." 운전자가 눈을 부라리며 거친 욕설을 뱉었다. 나는 깜짝 놀라 창문을 올렸다. 친구는 여전히 말이 없었다.

몇 차례 욕설을 더 들은 후에야 겨우 월미도에 도착했다.

"아… 내가 기어를 제대로 안 놨었구나. 어쩐지 속도가 안 나더라."

출발할 때부터 기어 조작에 뭔가 실수가 있었던 모양이었다. 그날 월미도의 저녁놀은 아름다웠으나 전혀 낭만적인 기분을 느낄 수 없었다. 더 어두워지기 전에 이곳을 떠나야 한다는 생각뿐이었다. 친구들이 왜 따라나서지 않은 건지 이유를 알 것 같았다. 이제 돌아가자고 말하려는 순간 친구가 먼저 입을 열었다.

"너 아까 감자 핫도그 사준다고 하지 않았나?"

감자 핫도그가 한창 인기를 끌던 무렵이었다. 겉을 튀김가루로 마무리하는 보통 핫도그와 달리 감자 핫도그는 냉동감자 썬 것을 핫도그 반죽에 묻혀 튀겨낸다. 울퉁불퉁한 감자 조각이 먹음직스럽고 양도 많아 끼니 대신 때우기에 좋았다. 그러고 보니 우린 저녁도 먹지 않았다. 나는 근처 포장마차에서 감자 핫도그 두 개를 사서 설탕과 케첩, 머스터드소스를 골고루 뿌렸다. 먹고 출발하자니 너무 어두워질 것 같았다. 바다 쪽으로 시선을 두고 있는 친구를 팔로 밀어 차에 태웠다. 핫도그는 내가 옆에서 틈틈이 친구에게 먹여줄 생각이었다. 돌아가는 길엔 기어를 제대로 놓을 테고, 그러면 아까보단 운전에 여유가 생기겠지, 핫도그를 먹으며 운전할 수도 있겠지.

속도는 아까와 별반 다를 게 없었다. 욕설을 내뱉는 운전자와는 눈을 마주치지 않는 게 정신 건강에 좋다는 걸 그날 배웠다. 우리는 경적과 번쩍번쩍하는 상향등 빛으로 아수라장이 된 도로 위에서 오직 정면만을 바라본 채 머나먼 길을 달렸다. 소스가 줄줄 흐르는 감자 핫도그를 양손에 꼭 쥐고서.

익숙한 도로에 들어설 때까지 친구의 핫도그는 한

입 베어 문 상태 그대로였다. 그런데 그마저도 제대로 목구멍으로 넘기지 못했나 보다. "아까 먹은 거 이제야 씹는다야." 너스레를 떠는 친구의 입꼬리에 경련이 일었다. 집까지 바래다준다는 걸 겨우 손사래로 막았다. 조심히 가라는 인사는 건넸다.

어느덧 운전 20년 차가 된 친구. 그동안 큰 사고 한 번 나지 않은 나름 베스트 드라이버. 마흔이 넘도록 여전히 운전면허가 없는 나를 친구는 가끔 놀린다.

"요즘 운전 못 하는 건 구석기시대에 주먹도끼 못 다루는 거랑 같은 거야."

나는 소리를 빽 지른다.

"야, 그날 네 차 탄 뒤로 가슴 떨려서 운전을 못 배우잖아. 알아?"

친구가 느긋하게 웃으며 말했다.

"누구에게나 처음은 있는 거 아니겠어? 힘내."

●

◆

남보다
빠른 입맛

한창 '치맥'(치킨과 맥주)이 유행하더니 이젠
'치밥'이 인기다. 치킨을 먹고 남은 소스에 밥을 비벼 먹
는 것이 치밥의 정석이다. 최근 매콤한 소스를 더한 새
로운 치킨 메뉴들이 속속 등장해 치밥 열풍은 더 거세지
고 있다.

나는 치킨 때문에 채식주의자 되기는 글렀다고 생
각할 정도로 치킨을 좋아한다. 아니, 사랑한다. 치킨을
먹고 있으면서도 치킨이 먹고 싶고, 어제도 오늘도 내일

도 치킨이 생각난다. 도무지 질리지 않는다.

　이런 내게 치밥 열풍은 참 뜨악했다. 전혀 새로울 것 없이 진부한 느낌이랄까. 아마도 내 생애 치킨을 처음 마주했을, 지금은 기억나지 않는 1980년대의 어느 날부터 나는 치킨과 밥을 함께 먹었다. 치킨을 상 가운데 놓고 그 옆엔 김치 그릇도 놓고 밥그릇에 밥을 퍼준 엄마는, 바로 우리 집 치밥의 창시자다. 1년에 두세 번 먹을까 말까 한 치킨이었지만 그때마다 치킨은 늘 밥과 함께 했다.

　그런데 우리 집에선 자연스러운 치밥을 다른 사람들은 영 낯설어했다. 스무 살 시절 치킨을 먹을 때마다 공깃밥을 시키려는 나를, 그냥 두고 보는 사람은 단 한 명도 없었다.

　"야, 치킨을 누가 밥이랑 먹어? 느끼한데 밥이 넘어가니?"

　"돈가스도 밥이랑 먹잖아. 똑같은 건데."

　나름 항변했지만 '치킨과 밥'이라는 멀고 먼 정서를 말로 설득할 수는 없었다. 나중엔 설명하기도 귀찮아 치밥은 집에서만 먹는 것으로 정리했다.

　그로부터 한참이 지나 갑자기 불어닥친 치밥 열풍

이 반가운 한편, 그동안 받아온 구박(?)의 기억도 함께 되살아났다. '이제야 그 맛을 알다니. 백종원도 고기는 밥이랑 먹는 게 궁합이 맞다고 했다고!' 요즘 나는 어딜 가든 보란 듯 치킨소스에 밥을 비벼 먹으며, 자유인이 된 기분을 만끽하는 중이다.

30년 앞서 치밥을 실행해온 나로서, 한 가지 예언할 것이 있다. 지금은 정서상 금기지만 기막힌 조합이 또 있으니 말이다. 다들 콩국물엔 국수만 말아 먹는 것으로 생각하지만 천만에! 콩국물엔 역시 따끈한 밥이 최고다. 이 또한 여름마다 콩국물을 큰 통으로 하나 가득 만들어 냉장고에 넣어두고 식사 때마다 국그릇에 퍼주신 엄마의 영향이 크다.

콩국물은 콩을 삶는 것이 성패의 90퍼센트를 좌우한다. 엄마의 이야기론, 콩을 덜 삶으면 콩 비린내가 나고, 너무 삶으면 메주 냄새가 난다고 한다. 달큼하면서도 고소한 맛을 내려면 적절한 순간에 콩 삶는 불을 꺼야만 한다. 나머지 10퍼센트는 콩을 어느 정도 곱게 가느냐에 달렸다. 이건 식성에 맞게 조절하면 되는 일이다.

콩국물과 밥을 함께 먹으면 밥은 달게, 콩국물은 더욱 고소하게 느껴진다. 찬밥보다는 따뜻한 밥이 콩의 고소한 맛을 진하게 해준다. 뜨거운 밥과 찬 콩국물이 만나 온기와 찬기가 섞이고 맛과 간이 배어드는 순간, 한입 떠 넣으면 고소함과 달콤함에 입안이 마냥 행복해진다. 밍밍한 국수 따위에 비할 수 없다.

연어가 자신이 태어난 강물 맛을 기억하듯, 나도 여름만 되면 콩국물을 찾는다. 요즘엔 1인분씩 포장해놓은 것을 사서 냉장고에 넣어 두고 뜨거운 밥을 말아 먹기도 한다. 오이와 파프리카를 채 썰어 함께 먹으면 더욱 좋다. 무더위가 기승을 부릴 때 유독 콩국물을 많이 먹었다. 8월 가스비가 3천 원이 나왔던 걸 보면 굽고 끓이고 볶는 요리를 얼마나 안 해 먹었는지 알 만하다. 더운 날 가스레인지 앞에서 음식을 한다는 건 정말 고역 중 고역이다.

동시에 엄마의 콩국물이 떠올랐다. 한여름, 커다란 솥에 콩을 삶으며 정확한 타이밍에 콩을 건지기 위해 석유곤로 앞을 지키고 서 있던 땀범벅인 엄마의 얼굴. 콩 한 국자를 갈고 나면 모터가 뜨거워지는 탓에 중간에 자주 쉬어야 했던, 오래된 믹서를 만지작거리던 엄마의 등은 땀에 젖어 있었다. 이렇게 만든 콩국물은 여름 내내 밥과 함께 후룩후룩 우리 배 속으로 들어갔다. 이제 막 삶아낸 콩을 갈아 만든 콩국물의 그 맛은 어떤 시제품도 따라올 수 없지만, 수고로움을 대신해주는 것만으로도 감지덕지다. 엄마의 콩국물 맛이 가끔 생각나지만 막대한 노동을 생각하면 하나도 그립지 않다.

앞으로 여름이 점점 더워지고 길어질 거라고 한다. 사람들은 콩국수를 더 찾게 될 테고, 콩국물은 더 잘 팔릴 것이다. 국수를 먹다 지치면 남은 콩국물에 밥을 말아 먹는 사람들이 생길지 모른다. 콩국물에 만 밥의 달콤하고 고소한 맛에 눈을 뜬 나머지, 그동안 왜 국수만 말아 먹었나 하는 배신감에 치를 떨진 않을까? 아까운 치킨소스를 버려온 지난날의 어리석음을 한 번이라도 후회해본 사람이라면 더욱 그럴 거다. 치밥의 날도 왔는데, 콩국물밥의 날이 오지 않을 거라 누가 단정할 수 있을까. 분명, 그날은 온다.

사 먹는 것 VS.
직접 만드는 것

두부 버섯 버거

●

◆

생협 매장에서 잠시 아르바이트를 하게 되었다. 평소 물건을 사러 매장을 오가면서 직원들의 일하는 모습을 자주 봐왔다. 물건을 진열하고 물건값을 계산하고 질문에 응대하고 물건을 찾아주는 정도의 일이었다. 20대 초반 학비와 용돈을 벌기 위해 여러 알바를 두루 경험한, '알바의 여왕'이 바로 나였다. 매장에서 알바를 권했을 때, 그리 어려울 건 없겠다고 생각했다. 근무 시간이 하루 대여섯 시간으로 짧고, 신선한 유기농 채소를 날마다 살 수 있다는 점도 마음에 들었다. 그동안 글을 쓴다는 이유로 좌식생활을 오래 해온 탓에 체력이 많이 떨어져 있었다. 몸도 움직이고, 돈도 벌고, 여러모로 내게 딱 맞는 일자리 같았다.

그러나 가장 힘들고 어두운 부분은 외부로 잘 드러나지 않는 법. 그곳도 그랬다. 깔끔하고 아담한 매장 분위기에서 느껴지는 것과 달리 노동 강도가 만만치 않았다. 가장 힘든 건 아침마다 매장으로 배송된 물품을 정리하는 일이었다. 무와 감자, 쌀 등이 담긴 상자는 무척 무거웠다. 손목과 허리에 문제가 생겨 그만두는 직원들이 꽤 많을 정도였다.

새로 만난 '직장 동료'들은 나와 나이 차이가 많이 났다. 이제 막 40대에 발을 들여놓은 나를 제외하곤 모두 50이 넘었다. 예전 직장에선 이 정도 나이 차가 나는 이들과는 역할이 확실히 구분된 업무를 맡아 직접 마주칠 일이 없거나 상하 관계에 있었다. 회식 자리가 아니고선 시시콜콜 이야기를 굳이 나눌 필요가 없었다. 지금은 그들과 똑같은 일을 하고, 업무와 관련한 이야기도 수시로 주고받았다. 그럼에도 그들은 나를 '동료'로 생각하지 않는 듯했다. 그들에게 나는 가정사, 인간사, 세상사에 대해 뭘 잘 모르는, 나이 어린 후배일 뿐이었다.

"아이 하나쯤은 있어야 해. 그래야 희로애락을 알지." "커피 맛을 모르다니, 무슨 재미로 살아?" "다 그렇게 살아. 그런 게 싫으면 결혼은 왜 했어?"

결혼 후 아이 없이 잘살고 있고, 카페인이 든 음료나 차는 마시지 않고, 명절을 앞두고 남편과 신경전을 벌이는 내게 '동료'들이 하는 이야기다.

말수가 결코 적지 않은 내가 매장에만 가면 입을 닫았다. 나와 생각이 다른 그들의 일방적인 주장을 잠자코 듣고 있는 것만으로 완전히 '기가 빨리는' 느낌이 들었기 때문이다. 문화생활을 즐기며 생협 매장에서 파는 좋은 식품을 먹고 나름 여유 있는 삶을 사는 그들. 나이가 들면 다 그런 걸까? 아니면 내가 운이 없어서 유독 이렇게 심한 꼰대들을 만난 걸까?

한번은 '쉑쉑 버거'(쉐이크쉑 버거)가 도마 위에 올랐다. 엄밀히 말하면, '미국 뉴욕의 명물 프리미엄 수제 버거'라는 긴 수식어가 붙은 햄버거 가게가 서울 강남에 국내 1호점 간판을 달고 문을 연 날, 그 햄버거를 맛보려고 몇 시간 동안 땡볕에 줄을 서서 기다린 '젊은이'들에 대한 기사가 내 동료들의 레이더에 걸려들었다.

"햄버거 하나 때문에 더운 날씨에 그 고생을 해?"

"왜 쓸데없는 일에 시간을 들이는지 모르겠어. 요즘 젊은 친구들 바쁘지 않아?"

"나 같으면 창피해서 줄 안 서."

"내 딸이면 가만 안 뒀어!"

옆에서 듣고만 있자니, 괜히 속이 상했다. 바로 그때, 직원 중 한 분의 옷에 달린 꽃 브로치가 눈에 들어왔다. 코바늘로 뜬 것이었다. 젊을 때 손으로 무언가 만드는 걸 즐기셨다는 그분. 한동안 아이 키우며 바쁘게 사느라 손에서 놓았던 것을 다시 시작해 무릎 담요와 수세미 뜨는 재미에 푹 빠지셨단다. 그런데 취직을 해 독립한 딸이 "눈도 나빠졌고 손목도 안 좋다면서 왜 사서 고생을 하느냐"라며 코바늘만 잡으면 그렇게 구박을 한다나? 딸이 집에 오는 날엔 실 숨기기 바쁘다며 "요즘 애들이 그런 재미를 알겠어?" 하던 말이 생각났다. 크게 심호흡을 한 뒤 입을 열었다.

"그게 꼭 햄버거를 먹는 게 목적이 아니라, 일종의 문화로써 즐기는 것 같아요. 20대 중엔 뜨개질하는 거 이해 못 하는 친구들도 많잖아요. 돈 주고 사면 편한데 왜 손으로 뜨느라 고생하느냔 거죠. 예전 세대에겐 그냥 재미이고 문화인데 말이에요."

내가 정곡을 찔렀나? 아주 잠시, 정적이 흘렀다. 하지만 이야기는 엉뚱한 곳으로 흘렀다.

"예전엔 별걸 다 손으로 만들었어."

"맞아, 애들 어릴 땐 햄버거도 만들어 먹였다니까."

"그래, 나도 그랬어. 만들기 어렵지도 않아."

"맞아, 맞아. 그게 몸에도 좋고 훨씬 맛있어. 요즘 애들은 너무 외식을 많이 해."

햄버거를 직접 만들었다는 이야기에 귀가 솔깃했다.

"저, 저기 잠깐만요. 햄버거를 정말 만드셨다고요?"

"그럼, 간단해. 예전에 엄마들 사이에서 햄버거 만드

는 거 유행이었어. 쉑쉑 버건지 뭔지 안 먹어봐서 모르지만 애들이 밖에서 파는 것보다 맛있다고 그랬어."

나는 햄버거를 무척 좋아하면서도 고기 패티에 대한 불신 때문에 먹기를 꺼렸다. 그런 내게 간단히 수제 버거를 만들 수 있다는 이야긴 그야말로 반가운 소리였다. 자세히 물을 것도 없이 동료들의 입에서 수제 버거 요리법이 쏟아졌다.

만드는 법은 정말 간단했다. 두부의 물기를 면포나 주방 휴지로 꾹 짜 없앤다. 표고버섯과 송이버섯, 양파 등을 곱게 다진다. 여기에 다진 소고기, 돼지고기, 달걀, 빵가루, 소금, 후추를 넣고 끈기가 생길 때까지 치대면 끝. 계량 따윈 필요 없다. 반죽이 질면 빵가루를 더 넣으면 된다.

그날 집에 오는 길에 그들이 말한 재료들을 싹 사 왔다. 반신반의하며 재료들을 다지고 치대고 둥글넓적하게 빚은 뒤 조심스럽게 프라이팬에 구웠다. 맛은? 두 말하면 잔소리! 고급스럽고 건강하고 풍부한 맛이 났다. 그러나 과정은 말처럼 그리 간단하지 않았다. 엉망진창 어질러진 싱크대를 보고 있자니 '이렇게 고생해서 만든 게 고작 햄버거라니, 소갈비찜 정도는 돼야 하는 거 아닌가?' 하는 생각에 어쩐지 허무했다. 햄버거는 패스트 푸드, 역시 사 먹는 게 제맛이다.

줄 서서 쉑쉑 버거 사 먹는 것과 직접 손으로 만드는 것의 차이? 글쎄다. 어쩌면 그분들도 알고 있을지 모른다. 취향의 차이일 뿐, 더 옳고 더 나쁜 쪽은 없다는

인생의
맛은
예측불허

181

걸. 이걸 인정해도 그들의 지나온 삶이 값어치 없어지지 않을 텐데. 우리 꼰대들의 삶을 위로하며, 10여 년 후의 나를 가만히 떠올려 보았다.

나이 한 살을
덜 먹기 위한 식사

어느 연말 중국음식점에서 모임을 했다. 내가 앉은 식탁엔 20대부터 60대까지 다양한 연령대의 사람들이 앉았다. 사는 지역도, 성별도, 하는 일도 모두 다르지만 한 가지 공통점은 글을 쓰고 싶어 한다는 것이었다. 우리는 글쓰기 수업에서 만난 사이였다. 수업이 끝난지 몇 달 지났지만 글로 각자의 삶을 나누며 눈물과 웃음으로 쌓은 정 때문인지, 여전히 끈끈함이 남아 있었다.

모임을 그다지 좋아하지 않는 내가 이 모임을 각

별하게 여기는 이유는 또 있었다. 글쓰기 수업에서 만난 사람들 사이엔 특별한 위계가 생기지 않는다. 저마다 한 편씩 써온 글을 다 함께 읽으며 글의 완성도와 메시지, 감동의 유무를 기준으로 의견과 조언을 나눈다. 그가 사회에서 어떤 일을 했든, 돈이나 나이가 많든 적든, 그 수업에서만큼은 그가 아닌, 그가 쓴 글이 주인공이다. 현란한 글솜씨도 투박하지만 진솔함이 담뿍 담긴 글 앞에선 빛이 나지 않는다. 진실이 담긴 글, 온몸으로 겪어낸 삶을 툭 던지듯, 때론 토해내듯 써낸 글은 다른 사람의 마음을 흔드는 강력한 힘이 있다.

각자 원하는 식사를 하나씩 시키고 함께 먹을 탕수육도 주문했다. 짜장, 짬뽕, 볶음밥을 먹으며 근황을 나눴다. 수업이 끝나니 글을 쓰게 되지 않는다는 하소연과 그동안 쓴 글을 모아 책으로 엮자는 이야기 등 수업의 감흥이 연말 송년회까지 이어져 마음이 훈훈했다.

잠시 후 탕수육이 나왔다. 가장 나이가 많은 이가 입을 열었다. 그의 말로는, 탕수육 맛을 보면 이 식당이 음식을 잘하는 곳인지 아닌지 알 수 있다고 했다. 무심코 고개를 끄덕이며 탕수육을 앞접시에 덜었다. 탕수육 맛은 평범했다. 훌륭한 탕수육이 갖춰야 하는 조건이 무엇인지 모르는 나로선, 그냥 어디서든 맛볼 수 있는 흔한 맛이었다. 그가 다시 말을 꺼냈다. 탕수육 고기로 냉동육을 사용하면 자칫 냄새가 나기 쉬운데 이 탕수육에서 그 냄새가 약간 난다고 했다. 그의 말을 옆 사람이 받았다. 냄새도 그렇고, 튀김옷이 고르게 묻지 않아 군데군데 반죽이 덩어리로 뭉쳐 있다고 했다. 그의 건너편에 있던 이도 한마디 거들었다. 자신은 소스를 찍어 먹는 '찍먹파'인데 왜 묻지도 않고 소스를 부은 건지 모르겠단다. 요즘 웬만한 곳에선 다들 소스를 어떻게 할지 묻는다면서. 그러자 맨 처음 말을 꺼낸 이가 이 말을 받았다. 원래 탕수육은 바삭한 튀김이 소스에 적셔진 맛으로 먹는 것인데, 요즘 젊은 사람들이 찍먹이네 부먹이네 하는 것은 먹을 줄 모르는 소리라는 거다. 찍먹파인 친구가 입을 꾹 다물었다.

이야기는 탕수육의 친척 격인 꿔바로우로까지 번졌다. 꿔바로우는 돼지고기에 전분을 입혀 튀긴 뒤 새콤달콤한 소스를 부어 먹는 중국요리다. 꿔바로우를 처음 만든 곳은 중국 하얼빈인데, 19세기 러시아에서 대륙횡단철도를 하얼빈에 건설하면서 러시아 고위 관료들이 많이 오가게 되었고, 그 러시아인들을 대접하기 위해 그들의 입맛에 맞는 요리를 하얼빈 관청의 수석 주방장이 만들었는데 그것이 꿔바로우이며, 그 주방장이 세운 식당을 지금도 하얼빈에서 몇 대째 이어서 운영하고 있다는….

아, 차라리 글로 읽었더라면 그나마 나았을 것을. 한 사람에게 이 길고 방대한 이야기를 듣는 건 무척 지루했다. 무엇보다 우리는 그에게 탕수육과 꿔바로우의 역사 강의를 신청한 적이 없었다. 이야기를 차마 끊을 수도 없고, 계속 반응만 해야 하나 고민하고 있는데, 이 순간에도 '문제 많은' 탕수육을 묵묵히 먹는 이가 있었다. 내 옆자리에 앉은, 식탁에서 가장 나이 어린 이었다. 그러고 보니 그는 아까부터 말이 없었다. 그에게 살짝 작은 목소리로 물었다.

"먹을 만해요?"

"네, 저는 괜찮은데요."

그가 고개를 내 쪽으로 기울이며 말했다.

"음식은 그냥 맛있게 먹으면 되는 거죠."

꿔바로우와 탕수육 이야기는 계속해서 이어졌다. 글이 사라진 자리에 곧바로 위계가 끼어들었다. 그래, 이게 내가 사는 세상이었지. 씁쓸했다. 나는 옆자리 친구와 그 '꿔바로우 강사'를 번갈아 보며 생각했다. 어떤 자리에서 맘대로 떠들 수 있는 권력과 자격에 대해, 성숙과 늙음에 대해.

어쩐지 아는 게 늘어나는 만큼 맛없는 음식도 많아지는 것 같다. 젊은 날에 비해 먹성은 줄고, 입맛은 까다로워지고, 주워들은 지식은 늘어나니 내 앞에 놓인 식사를 감사한 마음으로 온전히 즐기기가 점점 어려워진다. 그만큼 먹는 행복으로부터 멀어지는 삶을 사는 건 아닌지, 안타까운 생각도 들었다.

나이 한 살을 더 먹은 나는 작년보다 어떻게 하면 덜 '늙을' 수 있을지, 머리를 비워야 할지, 말을 줄여야 할지, 인생 최대의 고민을 안고 집으로 돌아왔다.

인생의
맛은
예측불허

카레 한 그릇에 담긴
민주주의

카레라이스

●

◆

카레라이스를 만들기 전엔 위를 최대한 비워 놓는다. 일단 밥에 비벼서 한 그릇, 카레만 가득 담아 또 한 그릇, 이렇게 두 번 먹어야 성에 차기 때문이다. 건더 기가 잔뜩 들어가 포만감도 끝내준다. 서너 시간 정도는 소화를 시키느라 낑낑대면서도 두 그릇의 유혹을 뿌리 치지 못한다.

어렸을 때 카레는 특식 중 특식이었다. 가서 콩나물 100원어치 사 오라는, 귀찮기 그지없는 심부름을 이틀

걸러 한 번은 했으니, 우리 집 밥상은 늘 그렇고 그랬다. 고기는 언감생심이고 어쩌다 '오뎅'(어묵은 느낌이 안 산다) 사 오라는 말이라도 떨어지면 그야말로 가게까지 줄달음쳐 숨을 헐떡이며 "아줌마, 오뎅 주세요!"를 외쳤다.

카레를 하는 날엔 이런 심부름 따윈 하지 않았다. 엄마가 양손 가득 장을 보는 특별한 날(아마도 아빠 월급날), 장바구니에 돼지고기가 담긴 드문 날, 엄마는 카레를 끓였다. 이런 날엔 밖에서 놀다 엄마가 부르기도 전에 미리 집에 들어와 손발을 씻었다. 카레 냄새를 맡으며 저녁상이 들어오길 기다리는 설렘을 느끼기 위해서다. 엄마는 큰 냄비에 채소와 고기를 한꺼번에 넣고 그야말로 한 솥 가득 물을 부었다. 재료가 익으면 카레 두 봉지를 물에 개어 넣었다. 재료를 볶지 않는 대신 식용유를 한 번 휘둘러 섞었다. 이걸로 다섯 식구의 두세 끼 정도는 뚝딱 해결할 수 있으니 늘 반찬 걱정인 엄마에게도 카레는 훌륭한 찬거리였다.

그런데 엄마에겐 고민이 있었다. 나와 위아래로 두 살 터울인 언니와 남동생은 카레를 좋아하면서도 몇 가지 불만이 있었다. 언니는 돼지고기가 씹히는 게 싫었고, 남동생은 양파가 거슬렸다. 그렇다고 싫어하는 것만 골

인생의
맛은
예측불허

189

라내기도 어렵다. 언니는 고기를, 남동생은 양파를 빼주길 바랐다. 둘 다 빼면 감자와 당근만 남는다. 모두를 만족시키는 카레는 당시 엄마에겐 불가능에 가까웠다.

어느 날 엄마가 큰 결단을 내렸다. 카레에서 돼지고기를 뺀 것이다. 하지만 정작 고기를 빼달라던 언니는 "맛이 이상하다"라며 카레를 먹지 않았다. 언니가 싫어했던 건 돼지고기 중에서도 미끈거리는 비계였다. 고기는 사라지고 싫어하던 양파는 여전했으니 동생도 만족할리 없었다. 먹성 좋은 나만 그럭저럭 군소리 없이 먹는 통에 엄마에게 칭찬까지 들었다. 물론 나도 고기를 넣은 게 훨씬 좋았지만, 칭찬의 달콤함에 그냥 잠자코 있었다.

다음번엔 동생의 바람대로 양파를 넣지 않았다. 물컹한 양파가 빠지다니, 나도 반가웠다. 그런데 웬걸. 어떻게 된 것이 고기를 안 넣었을 때보다도 맛이 형편없었다. 양파와 카레는 절대 떨어져선 안 될 찰떡궁합이라는 걸 그때 알았다. 양파, 감자, 당근, 고기는 간단한 재료로 카레 맛을 내기 위한 최소한의 조합이었던 것이다.

어쩔 수 없이 양파와 고기는 다시 만나야 했다. 다음부터 엄마는 돼지고기에서 비계를 없애는 데 이전보다 많은 시간을 들였다. 양파 조각도 더 작게 썰었다. "입맛

들이 달라 음식 하기
힘들다"라는 엄마의 하
소연이 그제야 이해가
되었다. 이후 고기나
양파를 빼달라는 말은 사
라졌다.

　카레 한 그릇에도 이렇게 서로 다른 욕망이 얽혀 있
다. 내겐 맛있기만 한 카레인데 자꾸 불만을 말하는 언
니와 동생을 당시엔 이해할 수 없었다. 하지만 이 과정
에서 어렴풋하게 느낀 것이 있다. 내가 좋아하는 것만
넣는다고 해서 맛있어지는 것도 아니고, 싫어한다고 빼
버리면 전체의 조화를 망칠 수 있다는 걸. 다양한 욕구
가 모두 이뤄지는 것은 애초에 불가능하다. 하지만 의견
을 나누고, 가능성을 따져보고, 상대를 설득하는 과정에
서 서로의 처지를 이해하게 된다. 마냥 거슬리기만 했던
고기와 양파도 존재 이유가 있었다. 그것을 이해하고 난
후의 카레는, 같은 재료로 만들었음에도 분명 이전과 다
른 것이었다.

　30년이 흐른 지금도 여전히 카레를 즐긴다. 새우나
오징어를 넣기도 하고, 때론 채소만으로 냄비를 채운다.

파프리카, 양배추, 애호박, 버섯, 시금치, 토마토, 가지, 브로콜리 등 그날 냉장고 채소 칸에 무엇이 있느냐에 따라 내용물이 달라진다. 두부를 구워 썰어 넣으면 씹는 맛이 좋은 채식 카레가 된다. 어릴 때보다 식성이 더욱 좋아져 무엇을 넣어도 맛있다. 그래도 가장 애착이 가는 건 돼지고기와 양파, 감자, 당근만 들어간 카레다. 작은 민주주의를 체험한, 어린 날의 그 카레 말이다.

●

◆

혼선이 빚어낸
맛있는 비밀

"네가 전화하라고 했잖아."

언니가 무슨 말을 하는지 이해할 수 없었다. 언니는
나보다 다섯 살 많은 입사 동기로 나와 마음이 잘 맞아
친하게 지냈다. 무슨 일인지, 대뜸 내게 고급 식당에서
바닷가재를 사주겠다고 했다. 17년 전 당시엔 랍스터 음
식점이 한창 유행이었다. 바닷가재 요리를 한 번도 먹어
보지 않아 이유도 묻지 않고 따라나선 터였다.

새빨간 바닷가재 한 마리가 커다란 접시에 통째로

나왔다. 직원이 우리 눈앞에서 가위와 집게로 살을 발라 앞접시에 덜어줬다. 큼직한 살덩이를 입안에 넣으니 짭조름하고 달큼한 바닷가재 향이 입안에 확 퍼졌다. 식감도 탱글탱글하면서 어찌나 부드러운지! '이렇게 맛있는 걸 그동안 남들만 먹었단 말이지!' 너무 맛있어서 약이 오를 지경이었다.

내가 바닷가재에 몰두해 있는 동안 언니는 아까부터 그 남자 얘길 하고 있었다. 언니가 한 달 전 소개팅에서 만난 연하남이다. 언니는 소개팅 직후부터 그와 있었던 일을 시시콜콜 내게 전하며 상담을 청했다. 나도 연애 경험이 그리 많지 않아 상담자로 적절하진 않았지만 언니의 이제 막 시작한, 다디단 연애담을 듣는 것이 설레고 재밌어서 열심히 맞장구를 쳐주었다.

얼마 전 언니가 그와 다퉜다. 그와 통화하던 중 화가 난 언니가 "다신 연락하지 마!"라고 말한 뒤 전화를 끊었다. 하지만 언니는 바로 그 순간부터 그에게 전화가 오길 기다렸다. 3일째 되던 날, 언니는 "답답해서 못 참겠다"라며 먼저 연락을 해보겠다고 했다. 아, 그건 아니지. 나는 극구 말렸다. "기 싸움에서 지면 안 돼. 절대로 먼저 전화하지 마! 알았지?" 언니는 힘없이 "응…"이라고 대답했다.

그렇게 다짐한 지 고작 3일밖에 지나지 않았을 때였다. 다시 만난 언니는, 내가 그 남자에게 먼저 연락을 해보라고 했단다.

"자다가 전화 받아서 기억을 못 하나 보다. 어젯밤에 내가 전화했을 때 네가 연락해보라고 했잖아. 우리 화해했고, 주말에 만나기로 했어. 네 말 듣길 잘했어. 고마워."

나는 곧장 핸드폰 통화 내역을 확인했다. 짧은 시간이지만, 내가 잠자리에 누운 그 시간대에 분명히 언니와 통화한 기록이 남아 있었다. 잠결에 전화를 받고 기억을 못 하는 건 난생처음 있는 일이었다. 이상하긴 했지만 어쨌든 잘됐다니 다행이었다. 마음과 다른 헛소리를 한 덕분에 바닷가재를 먹는 호사를 누리게 되었으니. 잠결 같은 판단력으로 세상을 살 수 있다면 지금보다 한결 삶이 나아지지 않을까 하는 생각도 잠시 했다.

그날 밤 만족감에 취해 집에 돌아왔을 때, 엄마 얼굴에 근심이 가득했다. 당시 엄마는 친구들과 여행계를 붓고 있었다. 그런데 계주가 최근 연락을 피하는 듯, 소식이 뜸하다고 했다. 계주에게 자꾸 전화를 하면 자신을 의심한다고 생각할까 봐 그러지도 못하고 속만 끙끙 앓고 있었다. 그런데 그날 아침, 출근을 준비하는 내게 엄마가 밝은 표정으로 "같이 계 하는 친구에게 어젯밤 전화가 왔는데, 계주한테 먼저 연락을 해보겠다고 하더라"라며 좋아했었다. "오, 엄마가 못 하고 있는 걸 그 친구가 대신해주겠네. 잘됐다. 기다려봐요."

그런데 아침과 달리 엄마 표정이 너무 안 좋았다. 무슨 일이 있는 걸까.

"왜요, 계주 잠수 탔대요?"

"아니 그게, 나도 궁금해서 친구한테 전화를 해봤지. 근데 글쎄, 그렇게 말한 적이 없다는 거야. 나한테 전화를 안 했대. 분명히 어제 잘 때 전화가 왔고 통화를 했거든. 귀신에 홀린 건지, 어떻게 된 건지 알 수가 없어…"

엄마는 정말 이상하다며 고개를 갸우뚱거렸다. 퍼뜩 어젯밤 일이 떠올랐다. 안방에서 텔레비전을 보다가 엄마가 잠이 든 걸 보고 난 씻으러 화장실에 갔었다. 그때 핸드폰을 엄마 옆에 두고 나왔었다. 그러니까, 엄마는 내가 씻는 사이 회사 언니에게 걸려온 전화를 잠결에 받았고, 둘이 통화를 한 거였다. 하필, 그 언니는 나를 "자기"라고 불렀다.

"자기, 자?"

"으… 응. 누구세요?"

"응, 나야 정숙이. 자고 있었어?"

"아… 정순이? 괜찮아 말해."

언니 이름과 엄마 친구의 이름은 받침 하나 차이였다.

"응, 나 그냥 전화해볼까 봐. 답답해서 잠이 안 와."

"아, 그래. 해봐. 통화하면 나한테도 알려줘, 알았지?"

잠결에 흐트러진 목소리로 다짐까지 받은 엄마였다.

그 언니는 정확히 여섯 달 후 그 연하남과 결혼했다. 속도위반이었다. 엄마의 곗돈 역시 무사했다. 하늘이 내린 인연이란 이런 걸 말하는 걸까. 정말 기막힌 타이밍이었다. 어쩌면 우리는 분명한 판단과 의지가 아닌 알 수 없는 힘이 안내하는 대로 순응하며 살고 있는 건 아닐까. 지금까지 나와 만나고 헤어진 무수한 인연들이 떠올랐다. 그들과 마주쳤던 모든 순간이 지금의 나를 만들었고, 앞으로 이어갈 삶 역시 새로운 인연과의 마주침으로 꿈틀댈 거라 생각하니, 생의 비밀이라도 알아낸 듯 가슴이 떨렸다. 두 사람의 결혼식에서 나는 누구보다 힘차게 축복의 박수를 보냈다. 아! 그날 전화 받은 건 내가 아니었다는 사실은 아직까지 비밀이다.

아보카도를 빛내는
명란젓 같은 존재

아보카도 명란 비빔밥

●

◆

웬만한 채소나 과일은 1년 내내 먹을 수 있다 지만 엄연히 제철이 있다. 제철 먹거리는 맛과 향이 진하고 풍부하다. 신선하고 영양도 가득하고 게다가 값도 저렴하다. 제철 먹거리를 알아보는 가장 좋은 방법은 시장이나 마트에 가는 것이다. 그곳에 잔뜩 쌓여 있는 채소나 과일은 대부분 제철을 맞이한 것들이다.

아보카도는 더워지기 시작하는 늦봄부터 여름까지 제철이다. 작년 봄 난생처음 아보카도를 사보았다. 아보카도는 멜론이나 바나나처럼 덜 익었을 때 수확해 실온에서 천천히 익혀 먹는 후숙 과일이다. 실온에 며칠 놔두면 아보카도의 겉껍질이 어두운 녹색으로 변한다. 그러면 먹을 때가 온 것이다.

익은 아보카도는 손질 방법도 독특하다. 껍질은 꽤질기고 단단한데 과육은 무르고 지방이 많아 미끈거려서 사과처럼 껍질을 깎을 수가 없다. 아보카도 한가운데엔 호두보다 약간 큰 단단한 씨앗이 있다. 그래서 수박처럼 반으로 자를 수도 없다. 방법은 하나. 칼날이 아보카도 씨앗에 닿을 때까지 집어넣어 반으로 자르듯 삥 둘러 칼자국을 낸다. 그러고 나서 아보카도를 양손으로 잡고 칼자국을 중심으로 서로 반대 방향으로 비튼다. 그러면 아보카도가 반으로 갈라지는데 잘리지 않은 씨가 어느 한쪽에 박혀 있게 된다. 이 씨앗을 칼로 툭 쳐서 칼날을 어느 정도 박은 뒤 비틀면 씨가 빠진다. 이후 숟가락을 껍질과 과육 사이에 집어넣으면 쉽게 과육을 들어낼수 있다.

아보카도에 대한 정보는 이렇게나 빠삭하면서도, 사실 나는 아보카도를 먹어본 적이 없었다. 버터 맛이 나는 과일이라는데 맛이 잘 상상되지 않았다. 궁금했지만 막상 돈을 주고 사려니 머뭇거려졌다. 조그만 것 하나가 값이 꽤 비쌌기 때문이다. 어느 날 자주 들어가는 인터넷 홈쇼핑 사이트에 아보카도 한 상자가 특가로 뜬 걸 봤다. 주문과 결제까지 1분도 채 걸리지 않았다.

곧 아보카도 여덟 개가 집으로 배송됐다. 한두 개는 바로 먹어도 될 만큼 껍질이 짙은 녹색이었다. 기다리지 않아도 되니 마음이 흡족했다. 머리로 외운 손질 방법대로 과육을 발라냈다. 칼로 조금 잘라 맛을 보니 달지도 시지도 않은 밍밍한 맛, 아무 맛이 나지 않는, 그런 맛이었다. 빵에도 발라보고 샐러드에도 넣어봤지만 매력을 느끼지 못했다. 기대를 너무 많이 한 탓인지, 내가 옛날 입맛을 가진 게 문제인지, 아무튼 무척 실망했다. 더운 날씨에 남은 아보카도는 빠른 속도로 익어갔다. 비싼 몸 값이라 마음이 초조해졌다. 아보카도를 썰어 간장과 계란 프라이를 넣어 비벼 먹는 것이 그나마 먹을 만했다.

그런데 많은 이들이 아보카도를 밥과 먹을 때 가장 잘 어울리는 재료로 꼽은 것은 바로 명란젓이었다. 명란젓을 아보카도와 함께 밥에 비벼 먹으면 그렇게 맛이 좋다는 것이다. 나는 명란젓 역시 제대로 맛본 적이 없었다. 생협에서 명란젓 가격을 알아보고는 깜짝 놀랐다. 적은 양이 왜 이리 비싼 건지. 아보카도에 실망해 소심해진 탓인지, 혹여 이것도 입맛에 맞지 않으면 어쩌나 걱정이 됐다. 맛없고 비싼 아보카도를 먹기 위해 또다시 비싼 명란젓을 산다는 건 배보다 배꼽이 더 큰 격이었다. 결국 남은 아보카도는 다른 사람들에게 나눠 주었다.

다시 봄이 왔다. 시장에 아보카도가 진열되기 시작했다. 작년의 기억이 떠올라 그냥 지나치고 싶었지만 아무래도 아직 맛보지 못한 명란젓과 아보카도의 조화가 궁금했다. 최고의 조합이라는 그 맛을 경험해보지 않고서 아보카도를 맛없다고 단정하는 건 어쩐지 오만하고 비겁하다는 생각이 들었다. 외식 몇 번 안 하는 셈 치고 다시 한번 도전해보기로 했다. 아보카도와 명란젓에 나름 큰돈을 걸었다.

아보카도가 검게 익어갈 때쯤 생협 물품이 집으로 배송됐다. 명란젓 한 덩이를 꺼내 칼등으로 살살 껍질을 밀어 속만 발라냈다. 뜨거운 밥에 깍둑썰기를 한 아보카도를 듬뿍

올리고 명란젓 한 숟가락을 얹었다. 김가루와 참기름도 조금 뿌렸다. 슬쩍 섞어 조심스레 맛을 봤다. 우아! 눈이 번쩍 떠졌다. 아보카도가 이런 맛이었던가! 짭조름한 명란젓과 밍밍한 아보카도가 만나 서로의 부족한 맛을 채워주는 동시에 새로운 맛을 만들어냈다. 많은 사람들이 추천한 데에는 역시 이유가 있었구나. 몇 숟가락 안 남았을 때 마요네즈를 약간 넣어 비벼보았다. 아, 이것도 신세계다!

이틀 연속 아보카도와 명란젓을 넣고 비빔밥을 만들어 먹었다. 하루 더 먹을 수 있었지만 다음을 위해 아껴두기로 했다. 남은 아보카도는 상하기 전에 썰어 냉동실에 넣어두었다.

내게 아보카도는 맛없는 과일이었다. 명란젓을 알기 전까지는. 이제 아보카도는 내게 울트라 초특급 수준의 최고급 비빔밥 재료다. 물론 명란젓과 함께. 무언가

더해졌을 때 최고의 빛을 발하는 것들이 있다. 회 한 점에 더한 고추냉이처럼, 나물무침에 떨어트린 참기름 한 방울처럼, 그리고 아보카도와 명란젓처럼. 서로를 값지게 만드는 존재들은 아름답다. 아보카도 명란 비빔밥을 입안 가득 넣고 씹으며 문득 '내게도 이런 존재가 있을

까' 하는 생각을 했다. 서로의 개성을 해치지 않으면서도 부족한 부분을 채워 함께 있을수록 빛나고 편안해지는 관계. 나도 누군가에게 그런 존재가 될 수 있을까. 주장이 확실한 나는 명란젓 역할을 하면 될 것 같은데, 아보카도 같은 사람은 어디에서 찾을까. 몇몇 얼굴들이 떠올랐다. 음, 이미 우리는 서로에게 그런 존재가 되어 주고 있었구나. 내가 모르고 있었을 뿐.

생애 마지막 음식,
당신의 선택은?

"이모! 다 끝났어. 이제 걱정 없어!"

조카가 초등학교 5학년이었을 때의 일이다. 조카에게 메시지가 왔다. 우린 한때 꽤 친했다. 군이 '친했다'고 과거형을 쓴 이유는 조카가 학년이 올라가면서 친한 친구들이 생기고 바빠져 나와 소식을 주고받는 일도, 만나는 일도 뜸해졌기 때문이다. 조카에게 먼저 연락이 오는 건 정말 드문 일이었다.

그런 조카가 우리 집에 놀러 와도 되느냐고 먼저 연

락을 해왔다. 목적이 있었다. 1년 전부터 나와 함께 살고 있는 고양이 '미미'를 보려는 것이다. 미미가 길고양이였던 시절, 조카와 함께 밥을 챙겨준 적이 있어서인지 조카는 미미에 대한 애정이 각별했다. 두세 달에 한 번, 이모가 아닌 미미를 보러 우리 집에 오는 조카를 나는 황송한 마음으로 맞았다.

그날도 함께 밥을 먹고 아이스크림도 먹었다. 평소같으면 굳이 묻지 않아도 그간 있었던 일들을 좋알거릴 텐데 이날따라 부쩍 말수가 적었다. 심지어 미미를 옆에 두고도 본척만척, 핸드폰 게임 삼매경이다. 집으로 돌아가야 할 시간이 거의 다 되었을 때 조카가 방바닥에 벌러덩 드러눕더니 큰 숨을 내쉬었다. 뭔가 조카를 힘들게하는 일이 생긴 게 분명했다.

"무슨 고민 있어? 얼굴색이 어둡구먼."

"실은, 다음 주에 치과에 가야 하거든. 충치 때웠던게 빠졌어."

아, 그 충치라 하면…!

조카는 초등학교 2학년 때 입에서 충치 여러 개가나왔다. 난생처음 치료다운 치료를 받은 조카는 치과 치료 기계 소리에 놀라 많이 울었다고 한다. 의사는 충치 말고도 흔들리는 유치 두 개를 발견했다. 온 김에 뽑고 가라는 의사의 말에 언니는 고개를 끄덕였고 이내 발치를 시작했다. 한 개의 이를 뽑았을 때 조카는 울지 않았다. 두 번째 이를 뽑는 순간, 조카는 엄청난 통증을 느꼈다. 소리를 지를 새도 없이 이가 뽑힌 자리에선 빨간 핏물이 배어 나왔다. 어처구니없게도 생니를 뽑힌 조카는 몇 시간 동안 서럽게 울었다.

그날부터 치과는 조카에게 세상에서 가장 무서운 곳이 되었다. 아직 이를 뺀 자리가 아물지도 않았는데 충치 치료를 위해 다시 치과에 가야 했다. 병원에 갈 날이 다가올수록 조카는 기운을 잃어갔다. 밤만 되면 언니를 붙들고, 혹시 치과에서 죽은 사람이 있는지, 정말 단 한 명도 없는지, 묻고 또 물었다. 아무리 간단한 치료만 남았다고 안심을 시켜도 조카는 마음을 놓지 않았다.

드디어 치과에 가기로 한 당일 아침, 조카는 불안감에 곧 쓰러질 듯한 얼굴로 평소와 다른 행동을 했다. 우선 평소 잘 가지고 놀던 나뭇가지 끝에 고무 패킹이 달린 화살을 자신의 나이만큼 아홉 번 벽에 쏘았다. 가장 아끼는 무기인 플라스틱 칼도 역시 아홉 번 허공에다 휘둘렀다.

"안녕, 내 화살. 안녕, 내 무기들!"

조카는 거의 울듯이 자신의 무기들과 작별 인사를 했다. 진지하고도 엄숙했다. 그리고 식탁에 앉았다. 전날 저녁, 먹고 싶은 반찬을 미리 말해둔 터였다. 어쩌면 마지막이 될지 모를 식사의 메인 반찬으로 조카는 채소 부침개를 선택했다.

입맛 까다로운 조카가 유일하게 거부감 없이 채소를 먹는 방식은 부침개로 부치는 것이었다. 채소를 많이 먹이고 싶었던 언니는 부침개에 감자와 부추, 당근, 애호박이나 쪽파를 잘게 썰어 넣었다. 다행히 조카는 돈가스보다 채소 부침개를 더 좋아했다. 조카는 이날 부침개를 깊이 음미하며 천천히 아침 식사를 마쳤다. 책가방을 메고 현관문을 나설 땐 결국 눈물을 뚝뚝 떨어뜨렸다.

"안녕, 내 집!"

자신의 목숨과 맞바꿀 뻔했던(!) 그 충치는 3년이 지나 다시 말썽을 부렸다. 조카가 우리 집에 놀러 오겠다고 한 것도 어쩌면 그 불안감을 회피하고 싶은 마음 때문이었는지 모른다. 잔뜩 풀이 죽어 집으로 돌아간 조카는 며칠 뒤 "이제 걱정 없다"라는 짧은 메시지로 홀가분한 기분을 내게 전했다.

입안에 마지막으로 음식을 넣는 그 순간은 누구에게든 찾아온다. 조카가 미리 체험한 것처럼, 언젠가 나도 그 순간을 엄숙하고 진지하게 마주할 수 있을지 모르겠다. 나는 어떤 음식을 내 생애 마지막 음식으로 선택하게 될까. 물론 그 순간을 미리 알 수 있을 때 가능한 일이지만 말이다.

검은 대문 집의
도사견

오징어튀김

●

◆

남동생과 마당 한가운데 있는 벚나무 아래로
기어들어갔다. 이 나무는 다른 식구들 몰래 과자를 먹을
때 찾는 나만의 비밀 장소였다. 나무 위에 올라가면 동
그란 잎으로 둘러싸인, 완전히 다른 세상에 온 것 같다.
가뜩이나 맛있는 과자가 훨씬 더 맛있어진다. 이 사실
을 엄마가 안다면 "여자애가 드세게 뭐 하는 짓이야"라
며 혼을 내겠지만 그때까지 아무에게도 들키지 않았다.
특별히 이날은 동생과 함께 하기로 했다. 엄마가 외출하

기 전에 오징어튀김을 해놓았다. 이렇게 맛있는 걸 밋밋하게 방 안에서 먹을 순 없었다. 게다가 "집 안에서 얌전히 먹어라"라고 찬물을 끼얹을 어른도 없었다. 기세등등하게 마당으로 나와서야 나무를 탈 수 없다는 걸 알았다. 양손에 튀김을 쥐고 있어서다. 아쉬운 대로 나무 아래 그늘에 쪼그리고 앉아 튀김을 먹기로 했다.

남동생은 나와 세 살 터울로 초등학교 2학년이었다. 한창 극성스러웠던 나와 달리 동생은 여리고 섬세했다. 이런 동생을 골려 먹을 때도 있지만 다양한 놀 거리를 제공해주는 사람 또한 나였다. 이날도 동생은 무슨 비밀 작전이라도 수행하는 양 즐거워했다. 이 공간을 발견한 것이 얼마나 은밀하고 대단한 일인지, 순진한 동생에게 맘껏 으스대며 오징어튀김을 한입 베어 물었다.

그때였다. 대문 아래 빈 공간에 검은 그림자가 어른거렸다. 아까 대문 닫는 걸 깜박한 것이 생각났다. 자책

할 새도 없이 두툼한 발 네 개가 성큼 대문턱을 넘어섰다. 낮은 회양목에 가려 몸통은 보이지 않았지만, 분명히 알 수 있었다. 저건 우리 동네에 딱 한 마리밖에 없는, 검은 대문 집의 도사견이었다.

검은 대문 집에는 노인 내외와 성인이 된 아들이 살

왔다. 그들은 이웃과 거의 왕래를 하지 않았다. 도사견은 늘 높은 담 안에 갇혀 있다가 행인을 향해 컹컹 울부짖었다. 그 소리가 금방이라도 담벼락을 뚫고 튀어나올 것처럼 사나워서 그 집 앞을 지나가는 어른들은 다들 한마디씩 했다. 그 개가 동네 떠돌이 개를 물어 죽였다는 소문도 있었다. 검은 대문 안쪽으로 언뜻언뜻 보이는 그 개의 두툼한 발과 검은 코는 동네 사람들에게 공포의 대상이었다.

발 네 개가 드디어 모습을 드러냈다. 도사견은 내 심장이 쿵쾅거리는 것보다 훨씬 빠른 속도로 우리를 향해 걸어왔다. 축 늘어진 눈과 볼에서 핏물이 새어 나올 것 같았다. 개가 내 입 주변에 코를 바짝 대고 쿵쿵거렸다. 오징어튀김 냄새를 맡는 듯했다. 어디선가 들은, 개는 가만히 있는 사람을 물지 않는다는 말이 생각났다. 나는 최대한 입을 움직이지 않고 "그냥 가만히 있어"라고 동생에게 말했다.

그 순간, 개가 펄쩍 뛰어올랐다. 나는 눈을 질끈 감았다. 하지만 내겐 아무 일도 일어나지 않았다. 도사견이 내게 정신이 팔린 사이, 겁에 질린 동생이 그만 나무 아래를 빠져나간 것이다. 동생은 뒷마당 쪽으로 도망쳤고

개는 그 뒤를 바짝 뒤쫓고 있었다. 나는 잽싸게 집 안으로 들어가 현관문을 반쯤 열어놓고, 문에 달린 작은 유리창으로 밖을 내다보며 동생이 오기를 기다렸다. 집을 한 바퀴 돌아 동생이 나타났다. 동생은 지금 어디를 향해 뛰고 있는지 전혀 모르겠다는 표정이었다. 동생에게 "얼른 이리 들어와!"라고 소리치려 했다. 그런데 바로 뒤에서 세상을 집어삼킬 듯한 기세로 도사견이 쫓아오는 걸 보고는 열었던 문을 나도 모르게 닫아버렸다. 동생과 개가 차례로 사라졌다. '이번엔 꼭 동생을 들어오게 해야지!' 두 번째 바퀴를 돌고 나온 동생의 얼굴은 아까보다 더 새파래졌고 표정도 훨씬 복잡했다. 하지만 이번에도 나는 문을 열지 못했다. 세 바퀴를 돈 동생은 지쳐 보였고 곧 울음을 터트릴 것 같았다. 네 바퀴째, 동생은 아예 대문 밖으로 사라졌다.

동생을 구할 사람은 나밖에 없었다. 동생을 따라 나가려 했지만 그럴수록 핏물이 뚝뚝 떨어질 것 같던, 도사견의 퀭한 눈이 자꾸 생각났다. 나는 현관문을 꼭 닫아걸고 동생을 위해 주술 같은 뜻 없는 말만 중얼거렸다. 그 개가 내 동생을 잡아먹지 않기를… 제발….

잠시 후 너무나 멀쩡한 모습으로 동생이 마당으로

걸어들어왔다. 채 10분이 지나지 않았건만, 수십 년 헤어졌다 만난 오누이처럼 동생이 그렇게 반가울 수가 없었다. 나를 보자 동생 눈에 눈물이 그렁그렁했다. 동생이 울먹이며 말했다. 동네를 한 바퀴 돌았을 때 다리에 힘이 풀려 넘어지고 말았단다. 눈앞이 아찔하던 그 순간, 개는 다시 한 번 펄쩍 뛰어올랐다. 동생이 눈을 떴을 때, 어쩐일인지 그 개는 옆에 없었다. 도사견은 동네를 지키던, 작고 용맹한 하얀 개 뽀삐가 있는 곳으로 순식간에 이동해 있었다. 우리 집 건너편 대문에 묶여 있던 뽀삐는 조그만 몸으로 개를 향해 맹렬히 짖고 있었다. 개는 뽀삐에게 다가갔다. 꼬리를 살랑살랑 흔들며 서로 냄새를 맡는 사이 동생은 집으로 달려 들어와 대문을 잠갔다.

동생에게 아무 일도 일어나지 않았다니, 그것이 오히려 더 놀라웠다. 긴장이 풀리면서 나도 눈물이 나오려 했다. 그제야 먹다 남은 오징어튀김을 아직도 손에 쥐고 있단 걸 알았다. 마당 한쪽 퇴비장에 휙 던져 버리려다 냄새를 맡고 도사견이 다시 찾아올까 봐 땅에 파묻었다. 나는 동생에게 오늘 있었던 일을 부모님께 말하지 말라고 했다. 동생은 고개를 세게 끄덕였다. 집에 돌아온 엄마가 현관문 손잡이가 온통 기름투성이인 걸 발견하곤 누가 이랬느냐고 소리를 질렀다. 나는 아무 말도 하지 않았다.

　　도사견이 대문을 뛰쳐나온 걸 안 동네 사람 몇몇이 그날 저녁 검은 대문을 두드렸다. 이후 그 개는 굵은 줄에 묶였다. 대신 가끔 노인 내외와 아들이 개와 함께 동네를 돌았다. 동네 사람들과 서서 대화를 나누는 일도 잦았다. 그럴 때마다 나와 동생은 기겁을 하며 집으로 달려 들어왔다. 도사견은 아무도 물지 않았다.

비법만 알려주고
사라진 친구

바나나 우유에 바나나가 없고 딸기 우유에 진짜 딸기가 단 1퍼센트도 없다는 뉴스가 보도된 적이 있다. 과즙이나 과육 대신 인공 향과 색소가 과일 행세를 해왔다는 내용이었다. 뉴스 보도 후 바나나 우유의 명칭은 35년 만에 바나나맛 우유로 바뀌었다.

나는 훨씬 전부터 이 사실을 알고 있었다. 1990년대 중반, 친구들과 자주 가던 카페가 있었다. 지금은 어딜 가나 원두커피지만 당시 대세는 생과일주스였다. 특히 딸기와 바나나, 파인애플과 바나나 등 두 가지 과일을 섞어 맛을 낸 주스가 인기였다. 나는 카페인 때문에 커피와 녹차, 홍차를 마시지 못했고 과일주스도 그리 좋아하지 않았다. 그런데 그 카페엔 내가 유일하게 좋아하는 메뉴가 있었다. 바로 바나나 생과일 우유였다. 맛도 훌륭한 데다 가격도 그 카페에서 가장 저렴했다. 이 바나나 우유는 다른 카페에선 맛볼 수 없는 그 카페의 대표 메뉴였다. 요즘 말로 '시그니처'였던 셈이다.

바나나 우유를 먹을 때마다 과연 무엇으로 이 맛을 내는 건지 궁금했다. 친구들은 사이다를 넣었을 거라는 둥 밀크셰이크와 바나나를 섞었을 거라는 둥 여러 이야길 했지만 모두 추측일 뿐이었다.

그 무렵 인터넷 채팅으로 한 친구를 알게 됐다. 대화가 꽤 잘 통했고 '저녁별'이라는 감성적인 대화명도 맘에 들었다. 어느 날 채팅을 하던 중 누군가 먼저 "한 시간 후 만나자"라고 말했고 "그러자"라고 답했다. 당시 유행하던 '번개'를 하기로 한 거였다.

번개와 소개팅의 성지로 불리던 한 카페에서 그 애를 만났다. 그 애는 차분한 성격에 뭔가 비밀을 간직한 듯한 얼굴이었다. 뭘 먹을지 메뉴를 고르다가 내 단골 카페의 바나나 우유 이야기를 했더니 그 친구 눈빛이 반짝했다. 그곳을 아느냐고 묻자 조금 머뭇거리더니, 예전에 그곳에서 일한 적이 있다고 했다. 나는 몹시 반가웠다. 드디어 바나나 우유의 비법을 알아낼 수 있겠구나!

"그럼 바나나 우유 만드는 법도 알겠네?"

"그럼."

"사이다나 밀크셰이크가 들어간다던데?"

"에이, 아냐."

그 친구의 대답은 놀라웠다.

"작은 바나나 한 개랑 우유를 갈면 돼. 다른 건 안 들어가."

"오, 정말? 그런데 값이 그렇게 쌀 수가 있어?"

"각 얼음을 많이 넣잖아. 햄버거집은 콜라로 돈 벌고 커피숍은 얼음으로 돈 버는 거야."

왠지 그 친구의 말에서 산전수전을 다 겪은 어른 느낌이 났다.

"그리고 그 카페 사장이 말해준 건데, 슈퍼에서 파는 바나나 우유엔 바나나가 하나도 안 들어 있대."

우리의 대화는 날로 무르익었다. 나는 그 애와 함께 본 영화 티켓 두 장을 서랍에 모았다. 조만간 뭔가 이

뤄질 듯한 만남과 아슬아슬한 대화가 이어지던 어느 날, 내가 그 단골 카페에서 만나자고 했다. 반가워할 거란 예상과 달리 그는 왠지 망설이는 눈치였다. 이유를 물어도 확실한 대답 없이 어물쩍 넘어가는 듯하더니 결국 알겠다고 약속을 했다. 나는 '예전에 일하던 곳이라 쑥스러워서 그런가 보다' 하고 대수롭지 않게 생각했다.

만나기로 한 그 시간, 그는 카페에 없었다. 30분이 흐른 뒤에야 겨우 바나나 우유를 한 잔 시켰다. 우유를 다 마시고 잔에 가득 남은 얼음을 하나씩 깨어 먹는 동안에도 그는 나타나지 않았다. 몇 번 삐삐를 쳤지만, 연락은 오지 않았다. 하루에도 몇 번이나 그 채팅 사이트에 들어갔다. '저녁별'이란 대화명을 가진 사람은 찾을 수 없었다.

몇 개월 후 슈퍼에서 생수를 사다가 문득 그 애가 한 말이 생각났다. 음료 냉장고에서 바나나 우유를 집어

들었다. 성분표를 살펴보니 정말 바나나는 없었다!

'아, 거짓말은 아니었구나…'

2년 후, 내 남동생이 나와 같은 학교에 입학했다. 그리고 그 단골 카페에서 아르바이트를 하게 되었다. 손님에겐 그렇게 사근사근하던 사장은 의외로 의심이 많은

사람이라 했다. 키위가 왜 이렇게 많이 줄었느냐, 아는 사람 온다고 더 많이 넣어준 건 아니냐, 너희가 먹은 건 아니냐… 괜한 말로 아르바이트생을 피곤하게 하곤 했다. 그 카페의 직원들이 자주 바뀌는 원인은 바로 의심 많은 사장이었다.

그 사장이 직원들에게 자주 이야기하는 일화가 있었다. 예전에 멀쩡하게 생긴 놈이 냉동실 전기 플러그를 뽑아 손해를 보았다는 것이다. 사장이 직원들 몰래 달아놓은 CCTV에 그 장면이 생생히 찍혀 경찰에 신고까지 하려 했지만, 업소용 아이스크림 몇 통과 얼음 몇 봉지만 녹은 터라 피해액이 크지 않은 데다 그 직원에게 보름 치 급여를 주지 않아 그냥 흐지부지 넘어갔다고 했다. 사장은 아르바이트생들의 보름 치 급여를 지급하지 않고 있다가 그들이 카페를 그만둘 때야 정산을 해주곤 했던 거다.

동생의 말을 들으니 "커피숍은 얼음으로 돈 버는 거"라던 그 애의 말이 새삼 떠올랐다. 혹시 그 멀쩡하게 생겼다는 놈이 저녁별과 같은 사람인 건 아닐까. 보름 치 급여를 포기하면서까지 카페의 하루 장사를 망쳐놓아야만 했던 이유가 있었던 걸까. 짐작은 되었지만, 추측일 뿐이다.

요즘 판매하는 바나나맛 우유에는 과즙이 1-2퍼센트 정도 들어 있다. 아무리 그래도 생바나나가 든 우유와는 맛을 비교할 수 없다. 검은 점이 생겨 단맛이 강해진 바나나를 숭덩숭덩 잘라 컵에 넣고 포크로 걸쭉하게 으깬 뒤 우유를 부어 휘휘 섞어주면 끝. 믹서로 갈아도 되지만 우유 한 잔 마시는데 설거짓거리가 많아지면 곤란하다. 나는 건더기 씹히는 맛도 있어 포크를 사용하는 편을 선호한다.

한참 잊고 살다가도 바나나 우유를 마실 때면 이따금 그 친구가 떠오른다. 한때 내 머릿속을 장악했던 한 가지 궁금증, 그 친구가 사라진 이유도 이젠 그리 궁금하지 않다. 끝내 알 수 없는 일들이 어디 그것뿐이던가. 확실한 건, 바나나 우유 만드는 법은 생각보다 간단하다는 것. 그리고 아주 맛있다는 것. 내 삶의 소소한 즐거움 중 하나인 바나나 우유가 남았으니 이 정도면 그는 내게 꽤 멋진 인연이었다. 이거면 됐다.

기억 속에 영원할
알싸한 빙수

박하빙수

●

◆

대학 시절 등록금을 모으기 위해 빵집에서 아르바이트를 했다. 빵집은 중·고등학교가 몰려 있는 번화가 중심에 있었다. 사장을 포함해 제빵사, 배달과 주방 담당 직원, 아르바이트생 등 모두 여섯 명이 일하는 규모가 꽤 큰 프랜차이즈 빵집이었다. 큰 시내버스 회사와 주변 여러 점포에 빵과 케이크를 납품했던 걸 보면 아마 그 번화가의 제과점 중에선 가장 유명했을 것이다.

당시 환갑이었던 사장은 빵에 대한 열정이 남달랐

다. 본사에서 보내주는, 그냥 굽기만 하면 되는 반죽 상
태의 빵에도 그는 정성을 들였다. 땅콩가루를 얹든, 시럽
을 바르든, 계핏가루를 뿌리든, 맛과 향을 끌어올릴 재
료를 더해 오븐에 넣었다. 직원들에겐 엄격했지만 박하
게 굴지는 않았다. 아르바이트생인 내게도 고용 보험을
들어주고 손님이 많아 바빴던 날엔 퇴근길에 큼지막한
빵을 챙겨주었다. 정확히 기억나지는 않지만 두세 달에
한 번씩 급여도 올랐다.

　　직원들과 적당한 거리감을 유지하면서 권위를 지키
고, 열심히 일한 만큼 대우해주는 사장이 나는 좋았다.
대학을 졸업하기 전까지 3년에 걸쳐 틈이 날 때마다 그
곳에서 아르바이트를 했다.

　　여름이 되면 빵집엔 손님이 더 넘쳐났다. 이곳에서
만 판매하는 독특한 빙수를 맛보기 위해서다. 빙수를 개
시하기 전날, 사장이 시식을 할 겸 직원들 앞에 빙수를
내왔다. 보통 얼음 위에 팥이 올라가는 것과 달리, 팥이
아래에 있고 얼음이 소복하게 위에 얹혀 있었다. 얼음 한
가운데엔 빨간 통조림 체리가 올라갔다. 특이한 점은 또
있었다. 빙수를 떠넣자 입안에서 낯선 향이 느껴졌다. 박
하 향 같기도 하고 상큼한 과일 향 같기도 했다. 오래된

직원 이야기론, 이 빙수
엔 사장이 직접 만든 독
특한 시럽이 들어가는
데 아무도 성분과 비법
을 알지 못한다고 했다.
중독성 있는 뭔가를 넣
은 것이 분명한데 어쩌면
마약일지도 모른다며 목소

리를 낮췄다. 곧이곧대로 믿어도 좋을 만큼 독특하고 오
묘한 것이 무척 끌리는 맛이었다.

드디어 빙수 개시 날, 빵집은 도떼기시장이 되었다.
아침부터 빙수 배달 주문 전화가 쉴 새 없이 걸려왔다.
빙수를 먹고 가려는 사람들이 빵집으로 밀려들었다. 대
부분 오래된 단골인 듯했다. 밤새 커다란 제빙기 가득
얼음을 얼려도 오후가 되면 동이 났다. 얼음을 사다가
제빙기에 쏟아부었지만 얼음은 계속 부족했다. 나는 정
신없이 빙수를 나르고 탁자를 치웠다. 에어컨이 빵빵하
게 돌아가도 직원들 등에선 땀이 줄줄 흘렀다. 그달 말,
사장이 봉투를 두 개 내밀었다. 한 개는 월급봉투였고,
다른 하나에는 특별 보너스가 담겨 있었다.

그해 11월 IMF 외환위기가 터졌다. 빵집에 손님이 확 줄었다. 여름에 미리 주문을 넣어두었던 크리스마스 케이크를 절반도 팔지 못했다. 케이크는 썩어 났고 사장은 어두운 얼굴로 담배를 자주 피웠다.

IMF가 문제만은 아니었다. 사람들은 예전만큼 빵을 먹지 않았다. 빵집 건너편 넓은 매장엔 몇 해 전 유명한 햄버거 가게와 국내 최대 피자집이 들어서 있었다. 바로 얼마 전엔 도넛 가게도 새로 문을 열었다. 사장은 타개책을 찾기 위해 근처 가게를 얻어 케이크와 커피를 함께 판매할 계획을 세웠다. 하지만 그곳엔 이미 피자 뷔페가 개장을 앞두고 있었다. 궁여지책으로 큰 케이크를 잘라 조각으로 나눠 팔았지만 반응은 시원찮았다. 사람들은 조각 케이크를 영 낯설어했다. 아직 케이크는 기호식품이라기보다 특별한 날을 기념하는 행사용에 가까웠다. 엎친 데 덮친 격으로 빵집에서 한참 떨어진 대규모 아파트 단지 주위로 학교들이 이전하기 시작했다. 빵집이 있는 곳은 어느새 '구도심'이라 불리게 되었다.

빵집은 그곳에서 10년을 더 버텼다. 가끔 그 근처에 가면 빵집에 들러 빵을 샀다. 백발이 된 할아버지 사장은 환하게 웃으며, 마진도 남지 않는 가격으로 빵을 내

쳤다. 하지만 공격적인 마케팅을 펼친 또 다른 프랜차이즈 빵집에 밀려, 얼마 후 문을 닫았다. 부대찌개집으로 간판이 바뀐 지 오래지만, 차를 타고 그 앞을 지날 때마다 습관처럼 고개를 돌려 그곳이 보이지 않을 때까지 바라보곤 했다. 내 젊은 날의 땀과 열정이 그곳 어딘가에 남아 있기를 바라는 마음으로.

언제부턴가 거의 모든 카페에서 조각 케이크와 빵을 커피와 함께 팔기 시작했다. 빙수 맛집도 곳곳에 생겨났다. 작은 사치를 당당히 누리고 싶은 이들은 밥 한 끼 가격을 훌쩍 뛰어넘는 빙수와 조각 케이크에 거리낌 없이 지갑을 연다. 빵집 사장이 꿈꾸던 세상이 이제야 도래했다. 박하 향 나는 빙수를 먹기 위해 사람들이 핸드폰 지도 앱으로 빵집 주소를 검색하고, 땀을 흘리며 빙수 그릇을 나르는 젊은 아르바이트생이 월급날 특별 보너스와 함께 커다란 빵 봉지를 선물 받는 모습을 떠올려본다. 하지만 빵집은 사라졌고, 마약이 들었다던 달콤하고 알싸하던 빙수 맛은 영원히 내 기억 속에만 남게 되었다.

●

◆

다신 동태전 따위
그리워하지 않으리

결혼 후 처음으로 추석을 친정에서 보냈을 때의 일이다. 친정에선 몇 해 전부터 명절에 차례를 지내지 않았다. 처음부터 그러려던 건 아니었다. 명절이 지나고 나면 엄마는 한과나 약과, 명태포 같은 음식을 처리하지 못해 난감해했다. 어느 해 설에는 냉동실에 있는 멀쩡한 대추를 놔두고 새로 사기도 했다. 차례상엔 늘 새 음식만 올려야 한다는 법도 때문이다.

상의 끝에 식구들이 잘 먹지 않는 것들을 빼기로 했

다. 두부전이 사라지고 나중엔 삼색 나물도 빠졌다. 관습대로 빼곡하게 채워지던 차례상이 조금씩 헐거워지니 차례라는 형식 자체가 무겁고 거추장스러워 보였다. 결국 음식을 줄이기 시작한 지 10년 만에 차례상이 사라졌다.

당연히 명절 풍경도 바뀌었다. 명절 몇 주 전부터 해야 할 일의 목록을 적고, 몇 차례에 걸쳐 장을 보고, 제기를 꺼내 닦고, 음식을 준비하던 엄마의 노동량이 확 줄었다. 나는 전을 부치지 않아도 되었다. 온 집안에 기름 냄새 좔좔 흐르던 느끼한 명절이 샐러드로 상큼, 불고기로 든든해졌다. 잔치 음식이 쌓여 있지 않으니 먹어 치워야 한다는 부담도 없었다. 식구들과 산책을 나갔다가 햄버거를 사 먹었고 출출한 밤엔 배달음식도 시켜 먹었다. 무엇이든 먹고 싶은 걸 먹을 수 있었다. 불필요한 음식의 가짓수를 줄이니 자연히 설거지도 줄었다. 비용도, 힘도 덜 드는, 가벼운 가을바람 같은 추석을 보냈다.

명절을 보내고 집에 돌아온 날, 뭔가 싸한 느낌이 들었다. 중요한 것을 빠트린 듯 허전했다. 오랜만에 만난 사랑스러운 조카와 헤어져서? 식구들 떠난 집에 혼자 휑하게 남겨진 엄마가 걱정돼서? 둘 다 아닌 것 같았다. 이 허전함의 실체를 저녁이 되어서야 알았다. 바로

'전'이었다. 아주 어릴 때부터 마흔이 넘은 지금까지, 친정에서든 시댁에서든, 내가 기억하는 모든 명절에 전이 있었다. 어려웠던 어린 시절에도 밥상에 오른 동태전 덕분에 명절 기분을 아쉽지 않게 느낄 수 있었다. 이번 추석은 전이 없는 첫 명절이었을 뿐 아니라 애증의 대상이던 전에 애틋한 그리움을 느낀 최초의 명절이기도 했다.

허전함의 실체를 알고 나니 이내 허탈해졌다. 하고 많은 날 중에 고작 80번 보냈을 뿐인 명절, 그 기억과 관습이 내 몸과 마음 여기저기 들러붙어 떨어지지 않으려 안간힘을 쓰고 있었다. 동태전으로 형상화된 기억의 힘이 무서웠다. 나 하나도 이럴진대 공동체 구성원이 공유하는 집단 기억이야 말해 무엇 할까. 힘들고 번거롭고 복잡한 차례 문화가 왜 이리 굳건하게 이어지고 있는지, 명절 문화를 바꾼다는 게 얼마나 어려운 일일지, 짐작되어 막막했다.

《동아일보》에서 눈에 띄는 기사가 읽었다. 퇴계 이황의 17대 종손이자 유교 철학 연구원인 이치억 씨의 인터뷰 기사였다. 추석에 차례를 지내지 않고 성묘만 하는데 벌초는 업체에 대행을 맡겼다는 내용이었다. 기사에서 그는 다음과 같이 말했다.

"원래 예에는 원형이 없어요. 처음부터 정해진 형식이 있는 게 아니라 자연스럽게 우러나오는 마음을 따라 하다 보니 어떤 시점에 정형화된 것이죠. 우리가 전통이라고 믿는 제사도 조선시대 어느 시점에 정형화된 것인데 그게 원형이라며 따를 필요는 없다고 봐요. 형식보다 중요한 건 예의 본질에 대한 성찰이에요."

본질은 빠지고 형식만 남은 차례 문화가 오히려 공동체를 병들게 하는 건 아닌지. 하여 다시금 다짐한다. 이제 다시는 명절에 동태전 따위 그리워하지 않으리. 만들어 파는 전도 사 먹지 않으리. 명절에는 더 자주 외식을 해서 지역 경제 활성화에 기여라도 해보리. 앞으로 동태전은 각자 먹고 싶은 날 먹는 것으로!

인생의
맛은
예측불허

알면서도 당하는
맛있는 유혹

연말 연초에는 모임이 잦다. 평소 성실하게 집밥을 먹는 처지라 어쩌다 외식할 일이 생기면 마음이 설렌다. 맛도 맛이지만, 집에선 내 손과 발이 움직이지 않는 한, 밥 한 공기 먹을 수 없다. 턱밑까지 차도록 배불리 먹어도 시간이 지나면 어김없이 배가 고파지니, 최소 하루 두 번은 몸을 움직여 음식을 하거나 밥을 차려야 한다. 즐거운 마음이 드는 건 드물고 대체로 귀찮다. 이런 내게 '남이 해준 음식'을 먹는다는 건 신의 은총과

자비를 받는 거나 마찬가지다.

요 며칠 은혜로운 날이 이어졌다. 밥솥도 꽤 오랜 기간 텅 빈 채 쉬었다. 모임 이외의 끼니는 식빵이나 냉동실에 굴러다니는 떡과 만두, 순대 등으로 대충 때웠다. 냉동실도 비우고 음식 하는 번거로움도 덜고 일석이조라며 흐뭇해했다.

그런데 며칠 전 목 근처 피부가 근질근질해 거울을 보니 손톱만 한 습진이 나 있었다. 이따금 그 부위에 습진이 생기곤 한다. 최근 밤늦게 집에 들어오는 날이 많아서 그런가 보다 하고 무심코 넘겼다.

그날 저녁엔 이제 막 서른이 된, 나보다 열 살 정도 어린 친구들과 신년회를 했다. 이들과 간 곳은 시카고 피자집. 젊은 친구들을 만난 김에 좀 색다른 곳에 가고 싶다는 내 의견이 적극적으로 반영된 결과였다. 갈비, 삼겹살, 전골, 회는 중년의 나에겐 너무 흔하니까.

시카고 피자는 빵이 두껍고 토핑이 많이 올라간 미국식 피자다. 얇은 도우에 간단한 재료를 올려 화덕에서 재빨리 구워내는 이탈리아 피자와 달리 두툼한 것이 특징이다. 특히 치즈를 아낌없이 넣어 '치즈 성애자'들은 유혹을 뿌리치기 어렵다. 나는 느끼함 때문에 치즈를 즐겨 먹지 않지만 그래도 이날은 최선을 다해보기로 했다.

기다리던 피자가 나왔다. 요즘에는 비주얼이 중요하다더니, 보자마자 탄성이 나올 만큼 먹음직스러웠다. 친구들을 따라 일단 사진부터 찍었다. 자르지 않은 전체 모습을 위에서 옆에서 찰칵, 한 조각 들어 올려 치즈가 줄줄 흘러내리는 장면 찰칵, 앞 접시에 담은 내 몫의 피자 한 조각을 맥주와 함께 마지막으로 찰칵. 핸드폰을 내려놓고 피자를 자르는데 침이 꼴깍꼴깍 넘어갔다. 음, 부드럽고 쫄깃한 치즈가 입안을 가득 채운다. 치즈의 묵직함을 토마토소스가 상큼하게 잡아준다. 오로지 혀를 만족시키기 위한 미식의 결정타. 오랜만에 느끼는 사치스러운 맛에 감동하며 순식간에 한 조각을 먹어 치웠다. 두 번째 조각을 먹을 땐 피클이 많이 필요했다. 맥주도 몇 모금 마셨다. 웃고 떠드는 사이 모든 피자가 사라졌다. 가볍게 2차를 하고 집으로 돌아왔다.

다음 날 아침, 속이 좋지 않았다. 온종일 체기와 몸살기로 아무것도 먹지 못했다. 목에 난 습진은 더 번져 있었고 가려움도 심해졌다. 아, 전날 알아차렸어야 했다. 내 몸이 신호를 보내고 있다는 걸.

평소 집밥을 열심히 챙겨 먹는 이유는 부지런해서

도, 특별한 철학이 있어서도 아니다. 며칠 외식을 하거나 빵이나 라면으로 끼니를 때우면 어김없이 몸에 탈이 난다. 연속으로 고기를 먹어도 마찬가지다. 소화가 안 되고 배탈이 나고 몸살 기운이 돌다가 결국엔 앓아눕는다. 20대 중반 첫 직장생활을 할 때 생긴 목의 습진은 몸이 안 좋아지고 있다는 것을 알리는 경고음 같은 것이다. 이럴 때 집에 일찍 들어와 쉬면서 현미밥과 채소, 과일을 챙겨 먹으면 며칠 지나지 않아 습진이 사라지고 몸이 회복되곤 했다.

나에게 무엇이 좋고 나쁜지, 아주 잘 알고 있으면서도 매번 이렇게 어긋난다. 세상엔 나를 유혹하는 맛있는 음식이 너무 많고, 그 맛을 이미 알아버린 난 자주 유혹에 이끌린다. 그 대가는 습진과 몸살, 그리고 후회.

앞으로 새로운 맛과 음식의 영역은 점점 확장될 것 같다. 그만큼 내가 흔들리는 일도 잦을 테지. 유혹에 흔들리며 살더라도 다시 되돌아오는 길만큼은 잊지 않고 살고 싶다. 그런 길을 알고 있어 위안이 된다.

4부

밥으로

챙기는

안부

추억이 스며든
'아는 맛'

돈가스와 소시지

●

◆

'소떡소떡'. 새 울음소리 같다. 요즘 한창 인기
를 끌고 있는 고속도로 휴게소 간식 이름이다. 소시지와
떡을 기름에 튀겨 소스에 발라 먹는 것인데, 꼬치에 소시
지와 떡볶이떡을 번갈아 꽂은 것에서 소떡소떡이란 이름
이 나왔다. 한 방송에 나온 뒤부터 휴게소마다 이걸 먹
으려는 사람들이 줄을 길게 늘어선다고 한다.

떡과 소시지, 무척 익숙한 맛이다. 그 둘을 같이 먹
어봤자 원래 알고 있는 맛에서 크게 벗어나지 않을 것

같은데 사람들의 반응이 무척 열광적인 걸 보면, 또 다른 뭔가가 있는 모양이다. 나는 그 맛이 궁금하면서도 '아무리 그래도 그때 그 맛보다야 덜 하겠지' 하는 생각을 한다.

30년 전 초등학교 5학년 여름방학 때, 친척 집에 방문하기 위해 식구들과 기차를 타고 처음으로 서울에 올라왔다. 2박 3일의 상경 일정에는 남산타워에서 케이블카 타는 것도 잡혀 있었다. 하지만 내 정신은 완전히 다른 데 가 있었다. 아빠가 서울에 가면 돈가스를 사주겠다고 약속했기 때문이다.

학교 친구들이 하나둘 '돈가스 경험담'을 이야기할 때, 나는 그게 어떤 건지 정말 궁금했다. 맛은 둘째 치고, 1인당 하나씩 접시에 놓인 고기를 본인 스스로 칼로 썰어 먹는 것이 너무 근사해 보였다. 경상도의 작은 마을엔 돈가스 파는 곳이 별로 없었다. 서울에 가면 텔레비전에서 보던 멋진 식탁에서 칼로 고기를 썰어 먹을 수 있을 거란 상상으로 마음이 부풀었다.

친척 집에서 하루를 보내고 다음 날 남산타워에 갔다. 올라갈 땐 힘들게 계단을 이용했고 내려올 때야 케이블카를 탔다. 입구에 있던 케이블카 타는 곳을 못 보

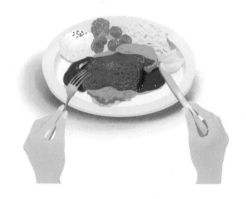

고 지나친 탓이다. 그런데 아빠는 돈가스집도 쉽게 찾지 못했다. 사실 '돈가스 팝니다'라고 적힌 종이를 유리문에 붙여둔 밥집은 가끔 볼 수 있었지만, 아빠도 나처럼 어딘가 '돈가스집'이 따로 있다고 생각했다. 일반 밥집에서 파는 돈가스는 동네 빵집에서 파는 햄버거처럼 뭔가 '가짜 맛'이 날 것 같았다. '진짜 돈가스집'을 찾아 헤매다 해가 저물었다. 결국 그날 저녁은 중국집에서 먹었다. 나는 짜장면이 먹고 싶었지만, 밥을 먹어야 한다는 엄마의 강요에 볶음밥을 시켰다. 이대로 돈가스를 먹을 수 없다니. 나는 눈물을 꾹 참으며 볶음밥을 입안에 밀어 넣었다.

　다음 날 아침, 집으로 돌아가는 기차에 올랐다. 서울 가서 돈가스 먹을 거라며 친구들에게 잔뜩 자랑까지

했는데 뭐라고 말해야 하나, 한숨만 나왔다. 총알처럼 빠를 줄 알았던 기차도 느려 터지고, 돈가스도 못 먹고, 자랑할 게 하나도 없었다. 눈물을 그렁그렁 매달고 창밖을 바라보고 있을 때였다. 이것저것 먹을 것을 잔뜩 실은 수레가 기차 통로를 지나갔다. 부모님은 밖에서 우리에게 간식거리를 사주는 일이 아주 드물었다. 그런 엄마가 수레를 멈춰 세웠다. "너희 먹고 싶은 거 사. 돈가스도 못 사줬는데." 아, 부모님도 이 서운한 맘을 알고 계셨구나!

그때 내 눈에 들어온 건 프랑크 소시지였다. 엄마는 소풍 김밥 쌀 때를 빼곤 햄이나 소시지를 단 한 번도 밥상에 올린 일이 없었다. 분홍 소시지도 아닌 프랑크 소시지를 도시락 반찬으로 싸 오는 건, '좀 사는 집'에서나 가능했다. 나는 한풀이라도 하듯, 비싼 프랑크 소시지를 덥석 집었다. 커피 땅콩을 고른 언니와 초콜릿 과자를 집어 든 동생 눈이 동그래졌다. 나는 거침없이 포장지를 벗기고 소시지를 베어 물었다. 얇고 질긴 속 비닐이 먼저 씹혔다. 비닐도 먹는 것인지 잠시 고민하다가 아무래도 껄끄러워 뱉었다. 데우지도 않고 소스도 바르지 않은 소시지를 입안 가득 넣고 우걱우걱 먹는 맛. 돈가스에 대한 기대가 완전히 무너졌던 그때, 내 손으로 선택할 수 있었던 소시지는 큰 위안이 되었다. 이때 못 먹은 돈가스는 그로부터 2년 후 인천으로 이사를 온 뒤에야 처음 맛볼 수 있었다. 오래 기다린 만큼 기대를 저버리지 않는 맛, 역시 영원한 아이들의 동반자, 돈가스였다.

아무리 아는 맛이라 해도 다들 칭송하는 소떡소떡의 맛이 궁금했다. 동네 마트에서 소시지 한 팩을 샀다. 냉동실에 얼려둔 떡국떡도 꺼냈다. 떡과 소시지를 기름에 굽고 고추장과 케첩, 조청을 섞어 소스를 만들었다. 역시 떡 맛, 소시지 맛, 그 외에 별다를 건 없었다. 하지만 혀로 느끼는 것만이 맛의 전부는 아니다. 내가 먹는 모든 소시지에는 오래전 기차에서 먹은 그 맛이 스며 있다. 천천히 그 맛을 음미했다. 칼날처럼 날렵하게 다림질한 반팔 셔츠에 오랜만에 가죽 허리띠까지 찬 아빠가 어둡고 낯선 서울의 골목을 기웃거리며 돈가스집을 찾고, 파란 투피스 정장을 입고 파마머리를 한껏 부풀린 엄마가 볶음밥에 짜장소스를 부어주는 모습이 보이는 듯하다. 없던 맛을 살릴 수도, 있던 맛을 사라지게 할 수도 있는 것. 추억이다.

낯선 빵과
생경한 시선

한 친구 주위에 아이들이 잔뜩 몰려들었다. 그 친구가 꺼낸 '이상한 빵' 때문이다. 선생님이 학교에 먹을 것을 가지고 오면 안 된다고 했지만 그 애는 종종 그 빵을 가지고 왔다. 담임선생님이 오시기 전 아침 자습 시간에 먹으려던 것이다.

그 애와 나는 둘 다 키가 작아 늘 앞자리에 앉았다. 다른 아이들에 대한 기억이 거의 사라진 지금까지도 그 애의 모습만큼은 또렷하게 남아 있다. 노란 머리, 유난히 하얀 피부, 연한 갈색 눈동자. 그렇다고 텔레비전에서나 보던 '미국 사람'은 아니었다. 그 애는 친구들이 머리색을 가지고 놀릴 때마다 "염색을 한 것"이라고 당차게 대꾸했다. 한 번쯤 다른 색으로 바꿀 만도 하건만, 그 애의 머리 색깔은 늘 같았다.

아무리 조심한다고 해도 50명이 넘는 아이들의 눈을 피하는 건 불가능했다. 그 애가 가방에서 조심스럽게 빵을 꺼내면 그 즉시 친구들이 개미 떼처럼 달라붙었다. 그 애는 어쩔 줄 몰라 하면서 그 빵을 손으로 뜯었다. 그런데 여덟 살 내 눈에 그 빵은 참 희한해 보였다. 식빵 사이에 빨간색으로 버무린 채소가 들어 있는데 그게 뭔지 알 수가 없었다. 아무리 봐도 엄마가 자주 상에 올리던, 먹기 싫어도 한 젓가락은 억지로 먹어야 했던 고춧가루에 버무린 무생채, 딱 그거였다. 처음엔 친구들도 "이상한 걸 먹는다"라며 그 애를 놀렸지만, 나중엔 놀리던 아이들이 제일 먼저 손바닥을 내밀었다. 나는 그 애가 빵을 꺼낼 때마다 무생채 맛이 떠올라 저절로 인상을 썼다.

빵을 달라고 조르지 않는다는 이유로 그 애에게 나는 '착한 애'가 되었다. 그 애는 손바닥을 내민 친구들에게 투덜대듯 말했다. "혜진이는 달라고 안 하잖아. 혜진이가 제일 착해."

어느 날, 그 애가 나를 불렀다.

"혜진아, 우리 집에 놀러 갈래? 우리 엄마가 친구 데
리고 와서 놀래."

나는 그 애와 썩 친하지 않아 조금 놀랐다. 사실 그
애도, 나도 딱히 친한 친구랄 사람이 없었다. 반 친구들에
겐 형제자매가 적어도 한둘은 있었고 나 역시 두 살 터울
의 언니와 늘 붙어 다녔다. 그 애는 당시로썬 흔치 않은
외동이었다. 우린 아직 친구를 필요로 하기엔 너무 어린
나이, 그러나 외로움만큼은 충분히 느낄 만한 나이였다.

익숙지 않은 공간에 간다는 게 낯설어 나는 많이
망설였던 것 같다. 그 애는 끈질기게 졸랐다.

"한 번만 가자. 응? 오늘 하루만. 우리 엄마가 친구
데리고 오라고 했단 말이야."

거의 울 듯한 그 애의 부탁에 나는 결국 그 애 집에

가기로 했다.

그 애 집은 우리 집보다 훨씬 작았다. 우리 집은 단
칸방이긴 해도 꽤 넓은 마당을 주인집과 공유하고 있었
지만, 그 애 집엔 마당이 아예 없었다. 세간은 많지 않았
고, 방 한쪽에 있는 『디즈니 어린이 영어교실』 책 세트가

제일 먼저 눈에 들어왔다. 그 애 엄마는 우리 엄마보다 훨씬 세련되고 젊었다. 내게 지금은 기억나지 않는, 이런 저런 질문을 한동안 했다. 그 애 아빠는 미국에 있고, 그래서 나중에 미국에 갈 거라는 이야기를 했다. 아주 중요한 이야기인 듯 천천히, 분명히, 여러 번 말했다. 그 애는 엄마 옆에서 진지한 표정으로 나를 보며 고개를 끄덕거렸다. 이 기억을 떠올릴 때면 차마 입 밖으로 말하지 못한, 내 안의 목소리가 따라온다. '저는 그 애를 한 번도 놀리지 않았어요. 빵도 달라고 한 적 없고요.' 아마 그 애 엄마가 나를 혼낸다고 생각해 조금 억울했던 것 같다.

이후로도 우린 그리 친하게 지내지 않았다. 다시 그 집에 간 적도 없다. 그 애는 잘 웃지 않는 대신 눈물이 많았다. 친구들이 놀리면 악을 쓰고 대들다가도 이내 책상에 엎드려 사춘기 소녀처럼 큰 소리로 서럽게 울었다. 고학년이 되었을 때 그 애는 다른 학교로 전학을 갔다. 미국으로 갔다는 소문은 들리지 않았다.

지금 생각해보면, 그 빵에 들었던 것은 무생채가 아니다. 무생채는 물이 많아 식빵 사이에 넣으면 빵이 죽이 되어버린다. 아마도 케첩에 버무린 양배추였을 것이다. 1980년대 지방의 작은 동네에서 케첩은 핫도그에만 뿌려 먹는 낯선 맛의 소스였고 양배추 역시 흔하게 먹는 채소가 아니었다. 케첩을 뿌린 양배추를 맛본 것은 그로 부터 몇 년 후의 일이다.

요즘 양배추를 잔뜩 넣은 샌드위치가 유행이다. '누마상 샌드위치'라 불리는 이것은 일본인 도예 작가가 바쁜 아내를 위해 만든 것이다. 아내가 SNS에 사진과 사연을 올리면서 유명해졌다. 이 샌드위치는 소스에 버무린 양배추를 산처럼 높이, 이래도 되나 싶을 만큼 높이 쌓는 것이 특징이다. 양배추가 삐져나오지 않도록 랩으로 단단히 감은 뒤 잠시 두었다가, 랩을 싼 채 칼로 반을 자르면 먹기 편하다. 햄이나 치즈, 오이피클을 취향대로 골라 넣으면 훨씬 맛이 좋다. 단 속 재료를 올리기 전, 식빵에 마요네즈나 버터를 발라야 한다. 채소에서 나온 수분이 빵을 눅눅하게 하는 것을 막기 위해서다.

나는 지금까지 이 누마상 샌드위치를 열 개도 넘게 만들어 먹었다. 양배추를 높이 쌓을 때마다 30년 전 그 애가 떠오른다. 양배추 샌드위치만큼이나 낯설어 보였던 그 애의 외모와 행동들. 자신에게 향하는 시선 때문에 많이 외롭고 힘들었겠지. 어디서든, 잘살고 있기를!

사랑하는
나의 강아지
리치에게

당근죽

●

◆

나는 자타 공인 조카 바보다. 2001년에 태어
난 조카를 이듬해 처음 만났다. 나를 바라보는 새카만
눈동자와 귀엽고 경쾌한 몸놀림에 마음이 환해지던 그
봄날. 그때 이후로 지금까지 단 하루도 조카 생각을 하

지 않은 날이 없다. 사랑스러운 내 첫 조카의 이름은 리
치. 언니가 결혼하면서 입양한 까만색 요크셔테리어 강
아지다.

언니의 신혼집에 자주 드나들면서 리치와도 점점

정이 쌓였다. 아기 때 축 늘어졌던 귀가 한쪽씩 쫑긋하게 펴지고 몸과 다리가 길어지는 모습을 흐뭇하게 지켜봤다. 똑똑한 리치는 '산책' '맘마' '자러 가자' 같은 말들을 알아들었다. 나는 크리스마스가 되면 리치에게 카드와 선물을 보내고 틈틈이 간식과 옷을 대령했다. 리치도 나를 무척이나 따랐다. 한 존재에게 좋은 사람이 된다는 건 그리 어려운 것만도 아니었다. 리치를 만난 뒤 나는 많이 행복해졌다.

언니가 아기를 낳았을 때 리치는 일곱 살 '중년'이 되었고, 나는 20대를 지나 서른을 맞았다. 그런데 첫돌이 지난 아기에게 리치의 고질병인 피부병이 옮았다. 언니는 고민 끝에 "리치의 입양처를 알아보겠다"라고 했지만, 나는 그럴 수 없었다. 여덟 살 노령에 피부병까지 있는 강아지를 다른 누군가가 사랑해줄 것 같지 않았다. 혼자 살던 나는 집을 비우는 시간이 많아 리치를 키우기에 좋은 상황은 아니었다. 그래도 대안이 없었다. 나는 리치와 함께 살기로 했다. 퇴근 후 집에 돌아오면 온종일 혼자 있던 리치는 나를 격하도록 반갑게 맞이했다. 잠들기 전, 내게 몸을 기댄 채 발을 핥는 리치를 안쓰럽게 쓰다듬을 뿐이었다. 리치는 나와 4년을 함께 지냈다. 집수리를 하느라 며칠 언니네 집에 리치를 보냈다가 그길로 쭉 언니네 집에서 리치를 데리고 있게 되었다. 언니도 늘 마음이 편치 않던 차에 아기의 피부도 제법 단단해졌으니 다시 리치와 함께 살기로 한 것이다. 예상치 못한 이별에 섭섭했지만 그래도 리치가 낮에 혼자 있지 않아도 된다는 생각에 한결 마음이 놓였다. 어떤 날엔 조카가, 어떤 날엔 리치가 더 보고 싶었다. 그러면 무작정 달려가 뽀뽀 세례를 퍼붓고 왔다.

밥으로
챙기는
안부

3년 후 나는 무척 바쁘고 체력적으로 힘든 몇 달을 보내고 있었다. 일주일이 멀다 하고 언니네 집에 자주 들락거렸지만, 그 시기엔 그러지 못했다. 두세 달에 한 번씩 언니 집에 갈 때마다 리치의 살이 쑥쑥 빠지는 게 눈에 보였다. 리치 나이는 어느덧 열다섯이었다. 나는 '나

이가 들었으니 살이 찌는 것보다 마르는 편이 낫겠지'
하며 애써 별일 아닐 거라 생각했다.

그해 가족들과 송년회를 하던 날, 몇 달 만에 만난
리치는 몸집이 절반이나 줄어 있었다. 너무 가벼워 한 손
으로 들어 안기도 미안할 정도였다. 기력이 없는 것도
나이 탓이려니 했다. 하지만 뭔가 불안했다. 그날부터 리
치 생각이 머릿속을 떠나지 않았다. 아니나 다를까, 며칠
후 언니가 울면서 전화를 했다. 리치가 신장염 말기라고
했다. 의사에게 "며칠 남지 않았다"라는 말을 들었다며
한참을 통곡했다.

머릿속이 하얘졌다. 살아 있을 그 며칠 동안 리치를
위해 뭐라도 해야 했지만 무엇을 해야 할지 몰랐다. 리
치가 며칠째 음식을 먹지 못했다는 말에 나는 흰쌀로 죽
을 끓였다. 몸에 좋을까 싶어 당근도 작게 다져 넣었다.
죽을 한 통 가득 담아 언니네 집에 갔다. '이거 다 먹을
때까지만이라도 살아야 해.' 리치는 늘 있던 곳에서 몸을
떨며 엎드려 있었다. 나를 보고는 힘들게 자리에서 일어
나려 했다. 나는 리치를 토닥여 편히 누워 있게 했다. 죽
을 그릇에 담아 주자 혀를 내밀었다. 한 숟가락이나 채
먹었을까. 리치는 다시 이불 속으로 들어갔다.

이틀 뒤, 리치가 쓰러졌다는 연락을 받았다. 퇴근 후 떨리는 마음으로 리치에게 달려갔다. 내 가슴팍까지 뛰어오르던 리치가 더 이상 일어나지도, 눈을 뜨지도 못했다. 리치는 눈을 감은 채 옆으로 누워 한 차례 구토를 했다. 허옇고 멀건 국물에 작은 당근 조각이 섞여 나왔다. 내가 준 그 죽이었다. 리치는 내가 다녀간 이후 아무것도 먹지 않았다고 했다. 그까짓 죽 한 숟가락 제대로 넘기지도 못하고 이틀 동안 속에 품고 있었다니⋯ 얼마나 힘들었을까. 내가 준 당근죽 한 숟가락이 마지막 식사였다고 생각하니 가슴이 찢어지는 것 같았다. 몇 시간 뒤 리치는 가족들이 지켜보는 가운데 조용히 숨을 거뒀다.

리치가 떠난 지 만 3년이 지났다. 살아 있다면 열아홉 살. 누군가는 "살 만큼 살고 갔으니 됐다"라고 한다. 하지만 사랑하던 대상의 갑작스러운 죽음은 그리 쉽게 이해되지 않는다. 오히려 시간이 지날수록 그리움이 깊어진다. 살아 있을 때 좀 더 챙겨주었더라면 슬픔이 덜했을까.

리치의 죽음으로 나는 삶에서 정말 소중한 것이 무엇인지 새삼 돌아보게 되었다. 불현듯 사랑하는 사람들이 아무런 예고도 없이, 갑자기 사라지는 건 아닐까 하는 불안한 생각도 든다. 리치가 그랬듯이… 정말 그럴 수도 있을 것 같다. 언젠가는 모든 이들과 헤어질 수밖에 없고 그 시기를 알 수 없기 때문에, 지금 내 앞에 있는 이에게 충실해야 한다는 것. 리치와의 이별이 내게 남긴 힘겹고도 고마운 진리다.

언젠가는 리치가 미처 다 먹지 못했던, 그래서 여전히 마음에 슬픔으로 가라앉아 있는 당근죽을 다시 끓여볼까 한다. 나를 위해 용기를 내볼 생각이다.

●
◆

기억의 징검다리를
건너다

나는 그렇게 극성스러운 아이를 본 적이 없
다. 그 애는 좋게 말해 명랑했고, 당시 내 감정을 섞어 이
야기하자면 아주 산만하고 까불까불했다. 쉬는 시간이
면 머리카락이 땀에 젖도록 좁은 교실을 뛰어다니다가
도 용케 수업 시간에는 잠잠해져서 선생님의 지적을 받
지는 않았다.

그 애는 우리 반 반장이었다. 저학년이었던 데다 학
교를 일찍 들어가 친구들보다 나이가 어렸던 난, 아직

친구를 사귀는 데 그리 적극적이지 않은 조용한 아이였다. 그래서 집에 가는 길엔 주로 혼자였다. 학교 앞엔 세 갈래 길이 나 있었다. 나와 같은 방향으로 가는 몇 안 되는 친구 중에 우리 반 반장이 있었다.

학교에서 그 애와 나는 말을 한마디도 하지 않았다. 키가 작았던 난 맨 앞자리에, 그 애는 뒤쪽 자리에 앉았다. 화장실 갈 때를 제외하곤 나는 내 자리를 벗어나는 일이 거의 없었다. 그런데 집에 가는 길엔 신기하게도, 항상 그 애를 마주쳤다. 학교에서 나올 땐 보이지 않던 애가 어디선가 갑자기 나타나 양쪽으로 묶은 내 머리카락을 잡아당기고 도망갔다. 마치 귀 주변을 앵앵거리는 모기처럼, 도망갔다가 다가오기를 반복하며 나를 괴롭혔다. 신발주머니를 휘두르며 그 애를 물리치려 했지만, 그 애 손과 발이 훨씬 빨랐다. 신발주머니마저 빼앗긴 날엔 약이 올라 눈물이 막 났다. 학교에서 10분이면 집에 닿을 거리이건만, 그 애와 실랑이를 하느라 집에 도착하는 시간은 갈수록 늦어졌다. 어느 날엔가 왜 그렇게 울고 다니느냐며 엄마에게 혼이 났다. 그 뒤부턴 눈물 자국이 없어질 때까지 집 앞에 한참 서 있기도 했다.

그해 장마철, 며칠째 비가 내렸다. 비가 오면 무거

운 우산 때문에 힘들긴 해도 수월하게 집에 올 수 있어 좋았다. 그 애가 길에서 나를 막아서지 않았기 때문이다. 아침부터 내리던 비가 잠시 멈춘 오후, 우중충하던 마당에 옅은 햇빛이 비쳤다. 구름 사이로 살짝 파란 하늘도 보였다. 밖에서 놀지 못해 답답했던 난, 구름이 싹 사라졌으면 좋겠다고 생각하며 잠시 마당에 서 있었다. 그때 대문 밖에서 누군가 내 이름을 불렀다. 대문 밖에 서 있는 사람을 보고는 깜짝 놀랐다. 그 애였다. 그 애 집은 우리 동네와 조금 떨어진 곳에 있어 동네에서 마주칠 일은 없었다. '애가 우리 동네에 왜 왔지? 혹시 심부름 왔나?' 얼떨떨한 나를 대신해 엄마가 그 애를 맞았다. 마침 오전 교대 근무를 마치고 집에 온 아빠와 점심을 먹으려던 참이었다. 엄마는 친구와 편하게 먹으라며 작은방에다 특별히 상을 따로 차려줬다. 상에는 잔치국수 두 그릇과 깍두기가 올라가 있었다.

우리 집에 온 그 애는 그렇게 얌전할 수가 없었다. 얌전한 그 애와 마주 앉아 국수를 먹으려니 어색해서 말이 안 나왔다. 말을 안 하니 더욱 어색했다. 말없이 국수를 먹던 그 애가 깍두기를 씹었다. 깍두기에서 국물이 가늘게 쭉 뻗어 나와 내 얼굴로 튀었다. 그 애 눈이 동그래졌다. 우리는 눈을 마주치며 소리 내 웃었다. 그러곤 다시 조용히 국수를 먹었다. 아까보다 기분이 살짝 좋아졌다.

이날 이후로도 우린 그리 친하지 않았다. 그 애가 우리 집에 다시 놀러 온 일도 없다. 길에서의 실랑이만큼은 한참 동안 이어졌다. 다만 그 애에게 이전만큼 미운 감정이 들진 않았다. 국수 한 그릇의 힘인가? 그래서인지 나중엔 나도 울지 않았다.

그날의 기억은 이게 전부다. 별것도 아닌 이 일이 장마철만 되면 떠오른다. 그 애가 나를 왜 그렇게 괴롭히는지 그땐 궁금하지 않았다. 그 애는 장난치고 싶어 안달이 났고, 난 그 애의 눈에 띄었을 뿐이라 생각했다. 이제 와 그때를 떠올려보면, 어쩌면 그 애는 나에게 관심이 있었는지도 모르겠다.

누군가를 좋아할 줄도, 그런 감정이 있는 줄도 몰랐던 그때. 기대나 설렘 없이, 사랑도 미움도 없이, 아무렇지도 않은 무색의 마음으로 친구를 대할 수 있었던 건 이때가 마지막이었다. 나는 점점 수줍어하지도, 애써 표현을 숨기지도 않는, 친구들 사이에서 존재감을 드러내고 싶어 하는 승부욕 강한 왈가닥이 되어 갔다.

사람 사이에서 부대끼고 지칠 때면 아무것도 몰랐던 그 시절의 기억에 기대어 잠시 쉬곤 한다. 되돌아가는 길이 있다면 도망가고 싶을 때도 많다. 한참 옛 기억에 파묻혀 있다 보면 그때의 내가 생생히 떠오른다. 누군가의 마음에 들기 위해 굳이 애쓰지 않을 수 있었던 건 아무런 기대와 욕심이 없었기 때문은 아닐까.

비 온 뒤 무지개처럼 불쑥 집 앞에 나타난 그 애에게 고맙다. 그 시절을 기억하고, 지금의 나를 비춰볼 수 있게 해줘서. 나를 괴롭혔던 기억도 좋은 추억이 된 지 오래다. 기억을 징검다리 삼아 나는 다시 사람들이 있는 곳으로 돌아간다.

밥으로
챙기는
안부

오직 나를 위해
정성껏 차린
밥상

●

◆

5월이 되니 날씨가 확 달라졌다. 햇볕은 따뜻하고 바람도 상쾌하다. 가로수가 틔운 연두색 이파리가 하루하루 눈에 띄게 커졌다. 밖에 나가는 걸 그리 좋아하지 않는 나도 햇빛의 유혹에 못 이겨 자주 산책을 나갔다. 가까이 사는 엄마는 나의 단골 산책 파트너다.

엄마는 걷는 걸 무척 좋아한다. 스마트폰에 만보기 앱을 깔아두고 "오늘은 얼마나 걸었나?" 꼬박꼬박 확인도 한다. 엄마의 목표는 언제나 만 보다. 두 시간 정도 천천히 걸으면 만 보를 채울 수 있다. 그러고도 엄마는 지치지 않는다. "내가 너보다 잘 걸을걸? 나 아직 거뜬해!" 칠순을 코앞에 둔 엄마는 한참 젊은 내 앞에서 늘 자신만만하다. 나는 그냥 모르는 척, 엄마 옆에서 보조를 맞춰 걸을 뿐이다.

　지난 주말에도 가까운 공원을 함께 걸었다. 한 시간쯤 지나니 강한 햇빛에 땀이 나기 시작했다. 의자에 앉아 잠시 쉬기로 했다. 그런데 이날따라 엄마는 왠지 힘이 없어 보였다.

　"엄마, 어디 불편해?"

　"요 며칠 설사를 했더니 기운이 없네."

　"뭘 잘못 먹었나?"

　"아니, 별거 없었어. 상추쌈 먹었더니 그러네."

　"생채소 많이 먹으면 설사하는데. 맛있어도 좀 적게 드시지?"

　"안 그래도 대여섯 장만 꺼내놓고 먹고 있어. 그런데도 계속⋯."

　날마다 새로운 음식을 해 먹어야 직성이 풀리는 나와 달리 엄마는 요리를 거의 하지 않는다. 맛있는 걸 먹는 건 좋지만 요리하기가 너무너무 귀찮단다. 반찬은 김치나 무짠지, 마른 멸치와 고추장 정도면 충분하다고 했다. 가끔 돼지고기를 구워놓으면 진수성찬. 밥은 그저 배불리 먹으면 그만이라는 게 평소 엄마의 생각이다.

몇 년 전 엄마네 집 근처로 이사를 온 뒤에야 이렇게 '초라한' 엄마 밥상의 실체를 제대로 알게 되었다. 무엇보다 건강이 염려스러웠다. 영양도 부실할뿐더러 섬유질이 많은 채소와 과일 섭취량이 절대적으로 적었다. 아니나 다를까. 엄마는 사나흘에 한 번 화장실에 간다고 했다. 변비를 앓고 있었던 것이다. 엄마는 "나이가 들어 몸에 물기가 없어져서 그런 것"이라는 이유를 댔다. 엄마의 또래 친구들도 대부분 그렇다는 것이다.

예전에 요양보호사로 일하는 지인이, 자신이 방문하는 어르신 중에 변비로 고생하는 이들이 많다고 했다. 변이 너무 단단하다 보니 변기가 막히는 일도 종종 있다고 했다. 그래서 그분들께 물을 자주 드실 것을 권한단다. 엄마도 어느새 '어르신' 나이가 되었다. 소화력과 장 운동이 예전 같지는 않을 것이다. 그렇다고 노화라 인정하며 손 놓고 두고 볼 수는 없었다. 그럴수록 더욱 먹거리에 신경 써야 한다고 생각했다.

아무리 따져 봐도 엄마의 밥상엔 채소 영양소와 단

인생은
단짠단짠

260

백질, 섬유질이 부족했다. 나는 엄마에게 백미를 현미로 바꾸고 한 끼에 손바닥만 한 잎채소 일고여덟 장과 과일을 반드시 먹어야 한다고 말했다. "씻어 먹기 귀찮다"라며 고집스레 버티는 엄마를 끈질기게 설득했다. 드디어 작년부터 엄마도 채소와 과일을 냉장고에 들여놓기 시작했다. 반찬도 한두 가지씩 늘어났다. 어느 날엔가, 끼니마다 상추쌈 먹는 재미가 아주 그만이라며 "상추쌈에 땅콩조림이나 멸치볶음 올려 먹으면 얼마나 맛있는 줄 아니?" 하며 신나했다. 이제 아침마다 시원하게 '큰일'을 본다며 들뜬 목소리로 자랑도 했다.

열 살도 되기 전부터, 그러니까 60여 년 동안 엄마는 다른 사람의 삼시 세끼를 성실하게 챙겨왔다. 언니와 내가 고등학교에 다니며 야간 자율 학습을 하고 남동생이 중학생이던 어느 해에 엄마는 새벽에 일어나 도시락을 날마다 다섯 개씩 싸야 했다. 저마다 밥 먹는 시간이 달라 하루에도 밥상을

예닐곱 번 차리는 게 예사였다. 어느 날, 식구들이 모두 집을 떠나 독립한 후엔 고된 노동에서 놓여났다는 해방감과 후련함을 느꼈고 그 달콤한 자유는 혼자라는 허전함을 메워주기에 충분했다. 하지만 엄마는 자신을 위해 요리를 하고 상을 차릴 줄 몰랐다. 배 채우기도 버거운 가난한 살림에 맛있는 건 새끼들 입에 먼저 넣어주기 바빴으니, 그 긴 세월 동안 '나를 위한 밥상'이라는 걸 상상이나 해봤을까.

고작 상추쌈일 뿐이지만, 이제 막 작은(당신에겐 큰) 정성을 들여 소박한 밥상을 차리기 시작한 엄마에게 그 기쁨이 얼마나 남달랐을지, 그런 삶을 산 적 없는 난 감히 짐작조차 할 수 없다. 그런데 그 순간 실수가 생겼다. 잘 챙겨 먹겠다는 성실한 열의와 나를 위해 차린 밥상의 기쁨이 지나쳐, 엄마가 상추를 너무 과하게 먹은 것이다. 채소를 먹는 데에도 적당한 양이 있다는 걸 몰랐던 엄마는 탈이 날수록 더욱 열심히 채소와 과일에 매달렸다. 야속하게도 오래 지나지 않아 몸이 생채소를 아예 받아들이지 않겠다는 신호를 보내왔다. 오랫동안 부실한 식사로 대장이 약해진 탓인지 벌써 한 달 가까이 배앓이를 하는 중이었다. 그날 공원에서 엄마는 해쓱한 얼굴로, 어

쩌면 앞으로 상추쌈을 영원히 먹을 수 없을지 모른다며
한참 동안 아쉬워했다. 나도 서글퍼졌다.

병원엔 죽어도 가지 않겠다는 엄마의 고집에 두 손
을 드는 대신, 나는 여기저기 수소문을 해 엄마가 당장
할 수 있는 해결책을 찾고 또 찾았다. 우선 속이 안정될
때까지 당분간 생채소는 먹지 않는 게 좋았다. 익힌 채
소 적당히 먹기. 그리고 충분히 꼭꼭 씹어 드시란 당부
도 잊지 않았다.

아침마다 엄마에게 전화를 걸어 "대장은 어떠신지?"
하고 안부를 물었다. 삶은 시래기와 시금치나물을 먹으
면서 많이 좋아지고 있단다. 자신감이 조금 생겼는지, 조
만간 병원에도 다녀올 생각이란다. 언제부턴가 내 나이
느는 것보다 엄마가 나이를 먹는 게 더 싫어졌다. 나보
다 잘 걷는 우리 엄마, 배가 얼른 나아서 다시 상추쌈 실
컷 먹을 수 있었으면 좋겠다.

사진 한 장으로 생긴
다국적 친구들

몇 해 전, 다문화가족지원센터에서 결혼 이주 여성들에게 석 달 일정의 글쓰기 강의를 하게 되었다. 한국어가 익숙하지 않은 이들에게 '쓰기'를 가르칠 수 있을지 확신은 없었지만 그래도 해보고 싶었다. 지금까지 한 번도 이주 여성들을 대면해본 적이 없어 더욱 그랬다. 그들의 글쓰기 실력보다는 한국에서의 삶이 궁금했다. 나는 그들에게 국어 맞춤법과 알아두면 좋을 한국어 표현들을 가르칠 수 있을 것 같았다. 서로에게 도움이 되길 바라는 마음으로 강의에 나섰다.

수강생 10여 명 중 캄보디아와 베트남에서 온 이가 각각 한 명, 나머지는 모두 중국이 본국이었다. 대부분 한국에서 생활한 지 10년이 다 되어 '듣기'에는 큰 문제가 없었지만 말하기와 쓰기 실력은 천차만별이었다. 특히 같은 중국에서 온 조선족과 한족의 차이가 가장 컸다. 중국에서 어릴 때부터 한국어를 배워온 조선족은 의사소통에 전혀 문제가 없었다. 그러나 한글이라고는 본 적도 없던 한족에겐 우리말은 그저 처음 맞닥뜨리는 제2외국어일 뿐이다. 조선족에겐 맞춤법 수업이 필요치 않았지만, 한족에겐 어말, 어미를 하나하나 설명해야 했다. 나는 어느 수준에 맞춰 수업을 진행해야 할지 한 달이 다 되어가도록 갈피를 잡지 못했다.

그날도 힘든 수업을 마치고 수강생들과 교실 뒷정리를 하고 있었다. 누군가 강의실로 채소 한 무더기를 가져왔다.

"와, 상차이네. 이거 어디서 났어요?"

중국에서 온 수강생들이 단번에 그 채소를 알아봤다. '상차이'는 고수라는 채소다. 향채라고도 하는데 온갖 중국요리에 빠지지 않고 들어간다. 진하고 독특한 향 때문에 우리나라에선 호불호가 갈리는 채소 중 하나다. 웬만한 시장이나 동네 마트에선 찾아보기 힘들다.

저마다 고수를 코에 갖다 대고는 탄성을 내뱉는다. 그들에겐 고향의 맛과 향기일 테니 그 맘이 이해가 갔다. 서로 적당히 봉지에 나눠 갖는가 싶더니, 이만치 떨어져 있는 나를 가리키며 소곤거렸다.

"선생님도 이것 좀 가져가세요."

나는 한 번도 고수로 요리를 해본 일이 없었다. 싫어하는 건 아니지만 그렇다고 딱히 즐기지도 않았다. 귀한 재료인데 나보다 더 좋아하는 이들이 가져가 맛있게 먹는 게 좋지 않을까 하는 생각이 들었지만, 너무 딱 잘라 거절하긴 싫었다. 일단 그들과 함께 고수의 향이라도 맡으며 '공감의 대화'라도 하자 싶어 가까이 다가갔다.

"이거 먹을 줄 아세요? 한국에는 이거 싫어하는 사람 많던데."

"아, 네⋯ 먹어보긴 했지요."

말을 얼버무리는 사이 비닐봉지 가득 내 몫의 고수가 담겼다. 식구가 없다는 핑계로 한 줌 크게 덜어냈다.

집에 돌아와 인터넷으로 고수 먹는 법을 검색해봤다. 역시나 별다른 요리법이 나오지 않았다. 그때 어떤 음식 하나가 떠올랐다. 중국에 몇 년 출장을 다녀온 친구가 알려준 것이었다. 그곳에서 술을 마신 다음 날이면 회사 앞에서 사 먹은 기가 막힌 요리가 있다고 했다. 숙취로 속이 부대낄 때 한 그릇 후루룩 마시면 술기운이 싹 사라진다는 마법 같은 음식, 술 마신 다음 날이면 퉁퉁 부은 얼굴로 입맛을 쩝쩝 다시며 먹고 싶다고 노래를 부르던 추억의 음식, 하지만 나는 한 번도 맛보지 못한 음식, 토마토 계란국.

"이상할 것 같지? 그게, 한번 먹어보면 누구든 좋아할 수밖에 없어. 시원하고, 구수하고, 속이 확 풀리고… 하여튼 우리나라엔 없는 맛이라니까. 이거 먹은 다음부터 고수를 좋아하게 됐다고."

친구의 얘길 들으며 나는 자꾸 케첩을 물에 타 마시는 상상을 했다. 내 손으론 절대 해 먹을 일이 없을 줄 알았다. 그런데 눈앞의 고수를 보니 도전 정신이 일었다. 중국에선 흔하게 먹는 가정식 요리라니 의외로 맛있을지도 몰랐다. 마침 냉장고에 물러 터지기 직전인 토마토가 있었다.

요리법은 간단하다. 대파를 다져 기름에 볶다가 큼직하게 자른 토마토를 넣어 살짝 으깨면서 볶는다. 물을 붓고 간장, 소금, 후추를 넣고 끓이다가 계란을 풀어 휘젓는다. 마지막에 고수를 취향껏 올리면 끝. 한 숟갈 맛보니, 오! 생각보다 맛이 괜찮다. 후루룩후루룩 부드럽게 넘어가는 게 먹을수록 당기는 맛이다.

고수를 나눠준 분들에게 고맙다는 인사를 하며 단체 대화방에 토마토 계란국 사진을 올렸다. 생각지 않게 반응이 뜨거웠다. 중국에서 온 수강생들은 고향 음식이라며 반가워했고, 오랜만에 해 먹어봐야겠다는 이야기가 여기저기서 나왔다. 다음 날, 또 다음 날에도 여러 장의 토마토 계란국 사진이 올라왔다. 역시, 소심하게 토마토를 적게 넣은 내 것보다 과감하게 넣은 그들의 음식이 훨씬 먹음직스러워 보였다. 대화방에서 요리 정보도 나눴다. 달걀 하나당 토마토 두 개를 넣으면 비율이 적당하고, 식초나 설탕을 조금 넣어도 맛있단다.

다음 수업 시간은 분위기가 이전과 달랐다. 서로 한 층 가까워진 느낌이랄까. 쉬는 시간에 한 수강생이 말했다.

"선생님, 그날 사진 올려줘서 고마워요. 사실 상차이 가져간다고 해서 놀랐어요. 싫어할 줄 알았거든요. 우리 집에선 한 번도 상차이를 먹어본 적이 없어요."

시어머니와 남편이 그 향을 너무 싫어해서 한국 생

활 10년 차에 접어들도록 고수 요리를 못 했단다. 비슷한 사연이 이어졌다. 고향 나라에선 흔히 사용하는 액젓을 냄새난다며 남편 쪽 가족들이 사용을 못하게 한다는 이도 있었고, 먹기 싫은 한국 음식을 억지로 먹기를 강요하는 일까지, 안타깝고 답답한 이야기가 터져 나왔다.

그동안 한국에 대한 '가르침'만 받았을 그들. 나 역시 수업을 통해 그들의 삶을 들여다보고, 그들의 이야기를 들어볼 생각은 못 했다. 그날 이후로 한글 맞춤법과 작문법에 집중했던 수업 방향을 바꾸기로 했다. 저마다 자신의 이야기를 쓰게 하자고 다짐했다. 글쓰기란, 서툴더라도 내 이야기를 꺼내놓을 수 있을 때 의미 있는 것 아닐까. 늘 알고 있었으면서도 왜 이들에겐 재미없는 문법만 가르치려고 했는지, 몹시 부끄러운 반성을 했다.

이후 3년 동안 그들과 글쓰기 모임을 했다. 글로 각자 진솔한 이야기를 나누다 보니 서로 가족의 안부를 물을 만큼 가까워졌다. 덤으로 문장력이 좋아지고 표현도 풍부해졌다. 물론 나도 변했다. 낯선 땅에 맨몸으로 부딪치며 치열하게 살아가는 그들을 존경하게 됐다. 그들과 수업을 하고 오는 길엔 늘 마음이 따뜻해졌다. 다른 나라 언어를 모국어로 사용하는 친구가 이렇게 여럿

생길 줄은 몰랐다. 토마토 계란국이 아니었다면, 아주 오래 걸렸을지 모를 일이다.

어디선가 날아온
작은 벌레,
너의 이름은

바나나 크레이프

●

◆

"그거 권연벌레야. 쌀 같은 곡식 주위에 잘
생겨."

깜짝 놀랐다. 벌레가 아니라 친구가 한 말 때문이
다. 이렇게 작은 갈색 벌레의 이름을 알다니. 게다가 식
성까지!

"우와 신기해. 어떻게 이런 벌레 이름을 알아? 다른
사람도 아니고 네가 말이야."

나는 핸드폰을 집어 검색창에 '권연벌레'를 쳐봤다.

내 눈앞에서 총총거리며 기어가다가 작은 날개를 확 펼치고 날아가는, 바로 그 벌레가 핸드폰 창에 주르륵 나타났다. 내가 눈을 동그랗게 뜨고 믿을 수 없다는 표정을 짓자 친구가 피식 웃으며 말했다.

"별것 아냐. 요즘 하는 일이 그렇잖아."

친구의 별명은 '홍학'이다. 별것 아닌 일에도 얼굴이 자주 빨개져 생긴 별명이다. 홍학을 알게 된 건 10여 년 전, 내가 일하던 곳에 홍학이 자원활동가로 지원을 하면서부터다. 이제 막 스무 살을 넘긴 홍학은 밝고 적극적인 성격에 맡은 일을 깔끔하게 해냈다. 하기로 한 일은 무슨 일이 있어도 끝까지 밀고 나가는 추진력과 성실함도 갖추고 있었다. 성적이 좋아 학교에선 장학금을 받고, 과외로 용돈을 벌고 있으며, 각종 스펙 쌓는 일에도 열심이었다. 요즘 기업이 바라는 인재상은 바로 홍학 같은 모습이 아닐까 하는 생각이 절로 났다.

전혀 모자람이 없을 것 같은 홍학에게도 구멍이 있었으니, 바로 학교에서 가르쳐주지 않는 것들에 무심하리만치 아는 게 없다는 점이었다. 교과서에 나오지 않는 상식 수준의 지식들, 예를 들어 웬만하면 대부분 알 만한 흔한 풀 이름이나 생활 속 작고 가벼운 정보들을 잘 몰랐다. 주위 친구들이 "지금 인터넷에서 난리 난 이야기인데 어떻게 모를 수 있지?"라고 짓궂게 놀려도 그는 언제나 태연했다. 조금이라도 당황했다면 얼굴이 붉어지지 않을 리 없을 텐데, 홍학의 얼굴은 오히려 해맑았다. 세상엔 신변잡기보다 더 중요한 것들이 많았고, 그 치열한 과정에서 홍학은 늘 선두였다. 그는 20대의 모범 교본이자 교과서였고, 또 허당이었다. 나는 그런 홍학이 좋았다. 자원활동가 일이 끝난 뒤에도 자주 만나 수다를 떨며 서로의 일상을 나눴다. 홍학은 어느새 나의 가장 나이 어린 친구 중 한 명이 되었다.

며칠 전 홍학이 우리 집에 놀러 왔다. 내가 SNS에 올린 바나나 크레이프 사진 때문이다. 크레이프는 밀가루에 우유와 계란, 설탕을 넣어 반죽한 것을 프라이팬에 얇게 구운 것이다. 그냥 먹기도 하고, 꿀이나 크림, 잼 등을 바르거나 과일을 올려 먹는다. 나는 크레이프에 초콜릿 크림을 듬뿍 바르고 바나나를 얇게 썰어 올렸다. 언젠가 태국의 길거리에서 맛보았던 크레이프를 흉내 낸 것이다. 홍학은 열정만큼이나 남다른 식탐을 가진 데다 초콜릿을 자신의 영혼의 음식으로 여길 정도로 좋아한다. 사진을 올린 지 채 몇 분이 지나지 않아 홍학은 '좋아요'를 누르고 "당장 먹으러 가겠다"라는 댓글도 달았다.

얼마 후 홍학이 정말 집 현관문을 두드렸다. 나는 따끈하고 달콤하고 향긋한 크레이프 한 접시를 홍학에게 대령했다. 홍학이 맛을 보려던 그 순간, 작고 동그란 모양의 갈색 벌레 한 마리가 날아왔다. 베란다에서 가끔 눈에 띄던 녀석으로 교과서에서 이 곤충을 본 일은 없었다. 그런데 홍학이 바로 그 벌레 이름을 맞춘 것이다. '허당' 홍학이 이걸 어떻게 알았을까.

대학 시절 종횡무진하던 홍학은 졸업을 앞두고 차츰 몸이 아팠다. 중학교 시절부터 오랜 시간 책상에 앉아 공부만 한 탓에 목과 허리에 디스크가 온 것이다. 그래도 홍학은 일찌감치 취업에 성공했다. 하지만 취업 후 디스크는 점점 심해져 나중엔 의자에 한 시간 앉아 있기도 힘들었다. 어쩔 수 없이 직장을 그만두고 몇 개월 동안 병원과 집만 겨우 오갔다. 몸은 아주 천천히 망가진 것만큼이나 쉽게 좋아지지도 않았다. 집에서 밥그릇 하나 닦아놓기가 벅찼다. 아무리 생각해도 할 수 있는 게 없었다. 취업을 위해 좋은 대학에 갔고, 원하는 대학에 가기 위해 힘든 재수 생활까지 거친 홍학이었다. '미래를 위해 현재를 아껴가며 노력한 결과가 이거였나…' 홍학

은 침대에 누워 날마다 눈물을 흘렸다. 아무것도 할 수 없다는 건 디스크보다 더 큰, 죽음과도 같은 고통과 두려움이었다. 홍학은 절망에 빠져 꽤 긴 시간 세상으로부터 문을 닫아걸었다. 그리고 그 끝에서 작은 깨달음을 하나 얻었다. 할 수 없는 일이 몇 가지 생겼을 뿐, 자신의 존재는 여전히 변함이 없다는 걸.

홍학은 디스크 수술 대신 운동을 시작했다. 틀어진 몸을 바로잡는 것은 사지가 벌벌 떨리고 눈물이 줄줄 나도록 힘든 일이었다. 그의 성실함과 추진력은 운동에서도 빛을 발했다. 운동을 삶의 중심에 두고 생활한 지 1년이 지났을 때, 기적처럼 몸이 좋아졌다. 이제 의자에도 얼마간 앉아 있을 수 있게 되었다. 홍학은 적어도 용돈만큼은 제힘으로 벌고 싶었다. 그러나 몸을 쓰는 일도, 사무 일도 아직은 무리였다. 집 근처 절에서 허드렛일을 돕고, 일주일에 두 번 마트에서 액세서리를 진열했다. 요즘은 바퀴벌레 약 광고 글을 인터넷에 올린다고 했다. 하루 한두 시간만 들이면 용돈은 충분히 벌 수 있단다.

"광고 글 올리면 걸리지 않아?"

"맞아. 누가 신고하면 아이디가 차단돼서 글을 못

써. 티 안 나게 잘 써야 해."

홍학은 티 안 나게 광고 글 쓰는 비법도 알았다. 우선 바퀴벌레에 대한 전문가 수준의 정보를 친절한 설명과 함께 자세히 적는다. 이를 위해 도서관에서 관련 책을 몇 권이나 읽었단다. 벌레로 골치를 앓는 사람의 입장에 공감하는 표현도 필수다. 광고는 맨 마지막에 딱 한 줄만 살짝 넣는다. 대학에서 영화 비평으로 상까지 받은 글쓰기 실력이 이렇게 쓰일 줄은 정말 몰랐다. 홍학은 광고주에게 실력을 인정받아 다른 벌레 약 광고까지 맡게 되었다. 홍학의 글쓰기 영역이 바퀴벌레를 넘어 집안에 등장하는 온갖 벌레에 대한 정보와 퇴치법으로 확장된 것이다. 깨알만 한 권연벌레의 식성 따위는 홍학이 섭렵한 벌레 지식 중 아주 작은 일부에 불과하다.

스물세 살 볼 빨갛던 홍학은 어느덧 서른두 살의 '벌레 전문가'가 되었다.

"앞으로 뭘 할지 진짜 고민이야. 언제까지나 이 일을 하고 살 순 없잖아."

볼 가득 크레이프를 씹으며 홍학은 미래를 걱정했다. 위로의 말을 할까, 용기를 내라 할까. 잠시 머뭇거리는 사이 홍학이 접시를 싹 비웠다.

"하나 더 먹을래?"

"좋아!"

크레이프를 구우며 생각했다. '마흔 살 넘은 나도 여전히 헤매는걸….'

날이 따뜻해지면 홍학과 여행을 가기로 했다. 섬진강 매화를 보러 갈까, 제주 올레길을 걸을까. 어디라도 좋을 것 같다. 다만 헤매는 길에 누군가 함께 있다는 걸, 홍학이 잊지 말았으면 좋겠다.

인생은
단짠단짠

●

◆

길 위의
고단한 삶

늘은 밤. 책상 앞에 앉아 자판을 두드리고 있
었다. 어디선가 고양이 울음소리가 들렸다. 가슴이 철렁
내려앉았다. 벌떡 일어나 창밖을 내다봤지만 컴컴한 어둠
뿐, 아무것도 보이지 않았다. 고양이의 가냘픈 울음소리
는 한동안 이어졌다. 나는 한숨을 쉬며 두 손을 모았다.

내 신혼집은 원룸과 다세대 주택이 밀집한 주택가
였다. 집에서 버스 정류장까지 걸어가는 5분도 안 되는
짧은 시간에 고양이 두세 마리는 꼭 마주쳤다. 내 갈 길

을 갈 뿐인데도 고양이들은 인기척에 화들짝 놀라 몸을 움츠리며 내 행동을 유심히 살폈다. 그 모습이 안쓰럽고 딱해 일부러 고양이를 쳐다보지 않고 모른 척 지나가기도 했다. 사실 고양이는 내게 비둘기나 까치와 크게 다르지 않았다. 강아지에겐 정이 많이 가지만 고양이는 왠지 가까이 다가가면 나를 확 할퀼 것 같은 느낌이 들어서 그냥 멀찍이 바라만 보고 싶었다. 고양이와의 공감 지수가 낮은 탓에 그들을 사랑스럽게 대하진 못하지만 그래도 나와 더불어 살아가는 생명에 대한 예의는 지키고 싶었다. 다만 그 방법을 잘 모를 뿐이었다.

어느 날, 집 앞 골목에서 내 앞을 지나가는 노란 고양이와 눈이 마주쳤다. 이 고양이는 다른 고양이들과 달리 나를 피하지 않았다. 오히려 눈치를 살피며 내게 다가오려는 것 같았다. 고양이의 새로운 모습을 보고 나니 나도 괜히 인사를 건네고 싶어졌다. "안녕." 세상에. 이 한 마디에 고양이가 내 뒤를 성큼성큼 따라온다. 길고양이가 사람을 따라오는 걸 두고 '간택당했다'고 한다더니, 이 상황을 말하는 건가. 이런 일은 처음이라 당황스럽지만 싫지는 않았다. 계속 따라오면 물이라도 줘야겠다 싶어 굳이 내치지 않았다. 이 녀석, 겁도 없이 2층 계단까지 따라 올라왔다. 현관문을 열어놓고 그릇에 물을 담고 있는데 어느새 고양이는 집 안으로 들어와 있었다.

목이 많이 말랐나 보다. 물을 꽤 많이 마셨다. 배도 고플지 모르겠단 생각이 들었다. 아쉽게도 집에 고양이가 먹을 만한 건 국물용 멸치뿐. 고양이에게 마른 멸치를 그냥 줘선 안 된다는 이야길 어디선가 들은 적이 있었다. 나는 멸치를 물에 끓여 짠 기를 우려내기로 했다. 집안에 멸치 냄새가 퍼지자 고양이가 야옹거리며 내 주위를 오갔다. 소금기가 빠지고 흐물흐물해진 멸치를 찬물에 헹궈 살을 발라 주었다.

고양이가 먹는 모습을 이렇게 가까이에서 보는 건 처음이었다. 강아지에게 먹을 것을 주면 그들은 허겁지겁 순식간에 먹어 치운다. 물론 나도 마찬가지다. 그런데 이 노란 고양이는 접시 앞에 얌전히 앉아 멸치를 한 마리씩, 천천히 씹어 삼키고 있었다. 먹을 것 앞에서 사람에게서도 보기 힘든 교양과 품격을 고양이에게 느꼈다.

"맛있어?"

"야옹."

세상에. 고양이는 대답도 하는구나. 어느 정도 먹었는지 거실 한쪽에 배를 깔고 엎드리기에 요를 한 장 깔

아주었다. 잠시 뒹구는가 싶더니 이내 옅은 코 고는 소리가 들렸다.

　얼마나 고됐으면 낯선 사람 앞에서 이렇게 잠을 잘까. 잠든 고양이를 가만히 바라보니 안쓰러운 맘이 생겼다. 숨을 폭폭 내쉬는 고양이가 예뻐 머리도 한번 쓰다듬어 주고 싶었다. 어쩐지 이 고양이에게 점점 빠져드는 것 같았다. 그냥 이대로 같이… 살아볼까. 그 순간, 퍼뜩 정신이 들었다. 고양이를 좋아하지 않는 남편이 이 사태를 보면 뭐라고 할까. 곤히 자는 아이를 내보낼 수도 없고, 쟤를 어쩌면 좋아….

　남편이 퇴근했다. 역시나 고양이를 보자마자 난리가 났다. 어서, 지금 당장, 내보내라는 거다. 고양이도 일어나 눈을 가늘게 뜨더니 몸을 움츠렸다. 나는 그냥 되는 대로 말했다.

"나가라고 해도 안 나가. 할퀴어서 손으로 잡을 수도 없어. 난 못 내보내겠어."

고양이는 눈을 질끈 감은 채 남편과 나의 대화를 듣는 듯했다. 요지부동인 남편에게 화가 나고 속이 상해 방으로 들어가 문을 닫아버렸다.

씻고 나온 남편이 방문을 열고 여기저기 둘러봤다. 고양이가 방에 있는지 확인하는 것 같았다. 거실로 나가보니 현관문이 열려 있고 고양이는 없었다.

"왜 문을 열어 놨어. 고양이는 또 왜 나간 거야… 그냥 버티고 있지…."

눈물이 절로 나왔다. 이후 며칠 동안 고양이 생각에 눈물을 찔끔거렸다.

두 달쯤 지나서, 집에 오는 길에 그 고양이를 다시 마주쳤다. '아! 살아 있었구나!' 혹시 이번에도 나를 따라온다면 어떻게 할까, 인연이라 생각하고 남편에게 "이번엔 절대로 내보낼 수 없다"라고 엄포를 놓을까. 두근거리는 마음으로 고양이 옆을 지나칠 때 고양이와 눈이 마주쳤다. 1초도 안 되는 그 순간, 나는 알아버렸다. 이전의 그 눈빛이 아니었다. 잔뜩 주눅 들어 나를 경계하는 모습이 역력했다. 통통했던 몸집도 눈에 띄게 말랐고 털도 푸석했다. 고양이는 순식간에 나를 지나쳐갔다. 뒤를 돌아보니 고양이는 편의점 앞을 잠시 기웃거리다 이내 골목으로 사라졌다. 참으려 해도 자꾸 눈물이 나왔다.

사실, 고양이가 우리 집을 다녀간 뒤부터 국 끓일 때 국물 멸치를 한 번도 사용하지 않았다. 먹지 않겠다고 다짐한 건 아니지만 왠지 손이 가지 않았다. 육수를 내고 남은 멸치를 건져내다 보면, 이 멸치를 맛있게 먹던 노란 고양이 생각이 날 테고, 그러면 마음이 아파질 게 뻔했다. 나는 그 아픔을 마주할 용기가 없었다.

그리스 크레타섬을 여행하던 한 작가가 SNS에 글을 올렸다. 그곳의 길고양이들은 절대 사람을 피하지 않는단다. 아무도 고양이를 해치지 않기 때문이다. 내 슬픔과 죄책감의 뿌리도 여기에 있었다. 고양이의 눈빛을 변하게 만든 것은 무엇일까. 낯선 나를 믿고 따라온 고양이에게 나와 우리 동네 사람들은 무슨 짓을 한 걸까.

밤마다 이어지던 고양이 소리에 창문 밖을 내다보기를 여러 날, 반지하 원룸 창문 앞을 지나다가 울음의 실체를 만날 수 있었다. 고등어 무늬의 작은 고양이가 원룸 창문을 열기 위해 안간힘을 쓰고 있었다. 이웃 주민에게 들은 바로는, 그 원룸에서 잠시 키우다가 내보낸 고양이라고 했다. 또 한 번 마음이 무너져내렸다. 나는 냉장고에 그대로 남아 있던 국물 멸치를 삶아 밤마다 그 고양이가 다니는 길목에 물과 함께 놓아두었다. 그렇게 고양이를 자주 마주치다 보니 절로 정이 들었다. 폭우가 쏟아지던 어느 밤엔 "고양이는 절대로 안 된다"라고 말하던 남편도 창밖을 내다보며 이렇게 말했다. "비 때문에 고양이 밥을 못 줘서 어쩌나." 며칠 후, 남편과 나는 그 고양이를 집으로 데려왔다. 그리고 '미미'라는 이름을 붙여주었다. 미미는 첫날에만 경계를 조금 하더니 다음 날부터 '애교냥'이 되어버렸다. 나 역시 고양이에 대한 정보를 모으고 미미를 데리고 동물병원을 오가면서 집사다운 모습을 제법 갖춰갔다. 미미와 함께 산 이후부터 동네 고양이들을 마주치면 마음이 무척 아프다. 저아이들을 내 손으로 거둘 수 있다면 좋으련만. 그러지도 못하고 '저들이 오늘도 무시하기를' 하고 기도할 뿐이다.

맛없는 떡만둣국
싹 비우던 아이

떡만둣국

●

◆

대학교 때 봉사 동아리에 가입했다. 양육환경이 좋지 않은 초·중학생 아이들과 일주일에 한두 번 만나 숙제를 돕거나 같이 놀기도 하는 활동을 했다. 내가 만나는 아이는 중학교 2학년, 삐쩍 마른 진희(가명)라는 여자아이였다. 진희의 어머니는 어렸을 때 집을 나갔고 같이 살던 아버지는 알코올 중독으로 몇 년 전 사망했다. 돌봐줄 친척이 없어 한 동네 아저씨가 후견인 역할을 자처했다. 하지만 진희는 그에게 별다른 보살핌을 받지 못한 채 낡은 주택의 어두운 단칸방에서 혼자 살았다.

진희의 집은 또래 아이들의 아지트나 마찬가지였다. '대학생 언니들'이 맨 처음 그 집에 갔을 때 집안엔 담배꽁초와 술병, 과자봉지 같은 쓰레기가 가득했고 가스레인지는 언제 닦았는지 먼지와 기름때가 뒤엉켜 덕지덕지 눌어붙어 있었다. 진희는 우리에게 쉽게 마음을 열지 않았다. 눈을 마주치지 않았고 인사를 겸해 묻는 말에도 건성으로 대답하는 때가 많았다. 그래도 다행히 매주 약속한 시각에 우리가 찾아가는 것을 거부하지는 않았다.

한 달쯤 지나 진희와 조금 가까워졌을 때, 진희를 설득해 함께 집을 청소하고 가스레인지를 닦았다. 처음엔 귀찮아하며 못마땅해하던 진희도 깨끗해진 집안을 보더니 기분이 좋은 듯 얼굴이 환해졌다.

그날도 진희 집 현관문을 두드렸다. 진희는 문을 열어주는가 싶더니 곧장 책상 앞으로 가 앉았다. 숙제를 하는 중이라고 했다. 방 한쪽의 오래된 전기밥솥에선 김이 올라오고 있었다. '뭔가 달라진 모습을 보여주고 싶었구나.' 애써 내색하지 않았지만 그런 진희 모습에 나는 무척 놀랐다. 우리를 받아들이겠다는 신호인 것 같아 기쁨에 가슴이 설렜다.

책상에 앉은 지 5분도 되지 않아 진희가 배가 고프다며 밥을 먹자고 했다. 진희가 내놓은 반찬은 김구이와 시장에서 산 김치가 전부였다. 진희는 그날 밥을 두 그릇이나 먹었다. 오래된 쌀로 밥을 했는지 군내가 많이 났지만, 따뜻하고 사랑스럽던 그 밥맛을 지금도 잊지 못한다.

그다음 주는 새해였다. 진희네 집으로 가는 길, 문득 진희가 밥을 맛있게 먹던 장면이 떠올랐다. 나는 엄마가 끓여준 떡국을 먹었지만 진희에겐 떡국을 끓여줄 사람이 아무도 없었다. 지난번 식사 대접을 받았으니 이번엔 내가 떡만둣국을 끓여줘야겠다고 마음을 먹었다. 가게들이 대부분 문을 닫아 떡국떡을 사느라 애를 먹었다. 미리 생각했더라면 집에서 떡을 좀 가져올 수 있었을 텐데. 그래도 슈퍼마켓에서 물만두와 계란까지 샀다.

나를 기다리던 진희에게 떡만둣국을 끓여주겠노라고 말하자, 진희는 내 기대보다 훨씬 신나는 반응을 보였다. 가스레인지 앞에 서서 냄비에 물을 붓고 떡과 만두를 넣었다. 마지막에 계란을 풀어 넣었더니 모양이 그럴싸했다. 소금을 넣고 국물을 한 숟갈 입안에 떠 넣었는데 세상에 이럴 수가. 국물에서 짠맛밖에 나지 않았다.

음식을 제대로 해본 적 없던 나는, 만두를 끓이면 만두에서 육즙이 빠져나와 국물 맛이 좋아질 거라 막연히 생각했다. 하지만 착각이었다. 너무 맛이 없어서 당황스러웠다. 파를 넣어야 하나? 냉장고를 열어봐도 넣을 만한 건 아무것도 없었다. 간장이라도 있어야 만두를 찍어 먹을 텐데….

아까와는 달리 쪼그라든 마음으로 떡만둣국을 두 그릇 담았다. 그런 내 맘을 모르는 진희는 콧노래를 부르며 상으로 바싹 다가앉았다.

"처음으로 끓인 거야. 성의를 생각해서 먹어 줘."

진희는 떡을 입에 넣더니 살짝 인상을 썼다.

"읍, 맛이 왜 이래?"

"맛이 없지…. 미안해."

그래도 진희는 별말 없이 한 그릇을 싹 비웠다.

그날 저녁 집에 와서 엄마에게 떡만둣국 끓이는 법을 물었다.

"소고기나 멸치로 육수를 내야지. 없으면 조미료라도 넣든가. 국은 육수 맛으로 먹는 거야."

그랬구나. 새해 첫날부터 맛없는 떡국을 먹게 하다니, 진희에게 너무 미안했다.

며칠 뒤 한밤중에 문자가 왔다. 진희였다.

아아

넘 아프다.

사고 났다. 차

랑 부딪혔다.

해가 져간다.

이게 무슨 일이지! 놀라서 잠이 확 깼다. 곧장 진희에게 전화를 했다.

"너 어디야? 입원했어? 많이 다쳤어? 내가 갈게."

"아… 아니야. 그냥 장난으로 보낸 거야."

"제대로 말해봐. 어떻게 된 거야."

"그냥 심심해서 보낸 거야. 나 끊을게."

안 다쳐 다행이다 싶으면서도 슬며시 화가 났다. 이렇게 사람을 놀라게 하다니 장난치고는 너무 심했다. '혹시 위험 상황을 알리는 신호였을까? 내가 눈치 없이

전화를 건 걸까? 문자로 답장을 보냈어야 하나….' 두근대는 심장이 도무지 가라앉지 않았다. 아무래도 뭔가 이상해 문자를 다시 봤다. 핸드폰의 작은 창으로, 세로 방향의 앞 글자가 그제야 보였다. '아 넘 사랑해'였다.

마음이 놓이면서 한숨이 나왔다. 늘 정신이 붕 떠

보이는 그 애도 '사랑'이란 말을 할 줄 아는구나. 어쩌면 이 장난 문자를 못 알아본 내 반응이 궁금할 수도 있었 겠다는 생각이 들었다. 조금 전 내가 했던 말들을 되짚 어봤다. 너무 놀라 뒤집어지는 격한 반응을 보일 걸 그 랬나. 엄청 감동하게 만들어서 바싹 마른 그 애 가슴이 촉촉해지도록 해줄 걸 그랬나. 그 후로도 진희는 가끔 내게 장난 문자를 보냈고 나는 여유롭게 받아쳤다.

진희는 그해 내내 학교와 동네에서 이런저런 문제 를 일으켰다. 며칠 무단결석을 한 뒤 학교에 못 가겠다 는 진희를 설득해 교실까지 함께 가기도 했고, 패를 갈 라 싸움하다 잡혀간 진희를 훈방시키느라 난생처음 파 출소도 가봤다. 진희의 핸드폰 번호는 수시로 바뀌어 연 락하기가 점점 어려워졌다.

나와 약속한 시각에 나타나지 않는 일도 잦았다. 진 희에겐 생활을 함께하는 또래 집단의 규율이 나와의 약 속보다 더 중요할 거라고, 애써 이해했다. 졸업반이었던 나는 그 애에게 해줄 수 있는 것이 별로 없었다. 도움을 받을 곳도 없었다. 진희를 생각하면 무기력해졌다. 그럴 수록 나는 취업 준비에 몰두했다. 취직을 하면 내가 진 희를 데리고 살 수 있지 않을까 하는, 섣부른 생각도 했다. 가끔 낯선 번호로 장난스러운 문자가 왔다. 어리석게도, 나는 잘못 온 문자라 여기며 답장을 보내지 않았다. 한참 지나고서야 그것이 진희였을 수도 있다는 생각을 했다.

그해 겨울 진희에게 오랜만에 전화가 왔다. 학교는 진작 그만두었고, 어렸을 때 헤어진 엄마와 연락이 닿아 강원도로 간다고 했다. 이듬해 나는 아르바이트와 취업 준비를 하느라 무척 바쁘고 힘들었다. 일할 땐 전화를 받을 수가 없었고 몇 차례 모르는 번호로 온 전화에 "혹시 진희니?"라고 문자를 보내봤지만 답장은 오지 않았다.

1년이 지나 드디어 진희에게 전화가 왔다. 원하던 직장에 취직해 꿀맛 같은 행복감에 들떠 있을 때였다. 나는 진희에게 취직 소식을 알렸고 진희는 축하를 해줬다. 진희와의 연락은 그게 마지막이었다.

가끔 진희를 생각한다. 서른을 훌쩍 넘긴 진희는 지금 어떤 모습으로 살고 있을까. 소설이나 영화처럼, 언젠가 진희를 마주치는 상상을 해본다. 맛없는 떡국을 먹었던 그날을 기억하느냐고, 나 이젠 제법 음식을 할 줄 안다고. 진희에게 맛있는 떡국 한 그릇 대접해주고 싶다.

●

◆

내 맘도 모르고
끓어 넘친 수프

아직 찬바람이 가시지 않은 3월의 어느 날이었다. 이제 막 경상도에서 인천으로 이사를 온 터였다. 중학교 1학년이었던 나는 학교에 가야 했지만, 아직 전학 갈 곳이 배정되지 않아 교육청에서 연락이 오기만을 기다리고 있었다.

집엔 엄마와 나만 있었다. 새벽부터 언니와 남동생의 도시락을 싸고 아침상을 차려주고 설거지까지 마친 엄마는 방에 들어가 쓰러지듯 누워버렸다. 엄마가 그 시간에 눕는 일은 좀처럼 없었다. 점심때가 지나서도 엄마는 일어날 줄을 몰랐다. 가느다란 목소리로 엄마가 나를 불렀다.

"엄마 아파서 못 일어나겠다. 혼자 밥 차려 먹을 수 있겠어?"

"엄마는요?"

"나는 안 먹고 싶어."

몸살이 단단히 난 모양이었다. 나는 혼자 밥을 먹고 설거지를 했다. 오후가 되도록 엄마는 방에서 나오지 않았다. 가족들이 감기에 걸리면 엄마는 먹고 싶다는 것을 해주곤 했다. 하지만 난 엄마에게 무엇을 해줘야 할지 알 수 없었다. 며칠 전 아침 방송에서 아플 땐 죽이나 수프처럼 부드러운 것을 먹는 것이 좋다는 얘길 들은 게 생각났다. 나는 가게에서 '쇠고기수프'를 사 왔다.

수프는 집에서 한 번도 먹어본 적도, 끓여본 적도 없었다. 포장지에 조리법이 쓰여 있는 줄도 몰랐다. 수프 가루는 생각보다 양이 너무 적었다. 조그만 냄비에 물을 붓고 가루를 모두 쏟아 넣었다. 뚜껑을 닫고 가스레인지 앞을 지키고 서 있었다. 얼마나 지났을까. 냄비 뚜껑이 들썩거리는가 싶더니 순식간에 수프가 끓어 넘쳤다.

수프 국물이 가스레인지를 넘어 바닥까지 줄줄 흘렀다. 뚜껑을 열었지만 수프는 계속 냄비 밖으로 기어 나왔다. 나는 그제야 급히 가스 불을 껐다. 수프 가루는 결코 양이 적은 게 아니었다. 냄비가 작았던 것이다.

수프로 흥건한 가스레인지와 바닥을 닦고 또 닦았다. 가스레인지 구석구석에 스민 수프는 완전히 없어지지 않았고 수프의 기름기 때문에 바닥은 미끈거렸다. 사고를 친 것이 분명했다. 엄마를 도와주려던 것이 도리어 번거롭게 만든 것 같아 속이 상했다.

냄비 속 수프는 절반이나 줄어 있었다. 물을 조금 더 붓고 다시 가스 불을 켜기 위해 손잡이를 돌렸다. 불이 켜지지 않았다. 몇 번을 해봐도 같았다. 가스레인지까지 망가트리다니, 진땀이 났다. 우선 다른 쪽 가스 불에 냄비를 올렸다. 국그릇에 수프를 담아 엄마에게 가져가면서, 도대체 내가 무슨 짓을 저지른 건지 정신이 하나도 없었다.

수프를 본 엄마는 깜짝 놀란 듯했다.

"아이고… 엄마 아프다고 끓였어? 이런 걸 어떻게 할 줄 알고."

"…."

"맛있다, 혜진아. 맛있어."

엄마는 몇 번이나 맛있다고 말하며 해쓱한 얼굴로 웃었다. 엄마는 수프를 바닥까지 싹 비웠다. 정말 맛이 있었던 건지, 아니면 내 정성을 생각해서 한 말인지는 모르겠다. 맛있게 드신 건 다행이었지만, 내가 사고 친걸 알면 얼마나 속상해하실까 하는 생각에 마음이 무거웠다.

그날 저녁, 엄마는 몸을 일으켜 저녁상을 차렸다. 설거지도 했다. 걱정했던 가스레인지는 멀쩡히 국을 데웠다. 물기 때문에 잠시 불이 붙지 않을 수 있다는 걸 처음 알았다. 내가 어질러놓은 걸 아는지 모르는지, 엄마는 별말이 없었다. 그날 엄마는 일찍 잠이 드셨다.

한참 시간이 지난 후 엄마가 말했다. 어렸을 때 이후로 아플 때 누가 음식을 차려준 건 그때가 처음이었다고. 엄마는 오랫동안 그 일을 되새겼다. 다시 그런 일이

있었던가? 아… 이런. 생각이 나지 않는다.

어머니가 건네려던
삶은 계란

삶은 계란

●

◆

버스 안에서 나는 울고 있었다. 사람들이 쳐다보는 건 하나도 신경 쓰이지 않았다. 아빠가 돌아가셨다는 전화를 받고 버스를 타고 집으로 가는 길이었다. 지병이 있었지만 이렇게 빨리 돌아가시리라곤 상상하지 못했다. 향년 59세, 이별하기엔 너무 이른 나이였다.

장례를 치른 후 3일째 되던 날 삼우제를 지냈다. 아빠의 유품도 정리했다. 옷장에 차곡차곡 개켜 있던 오래된 낯익은 티셔츠와 아끼느라 입지 못한 새 속옷들, 서

랍 속 성실하고 고된 일상이 적힌 수첩들에 눈물이 터졌
다. 망자가 떠난 후에도 일상이 흐른다는 게 낯설고 어
색했다. 여전히 혼란과 슬픔에 빠져 있을 때 문자 한 통
이 날아왔다. 친구 어머니의 사망 소식이었다. 며칠 전
장례식에서 그 친구를 만났을 때 어머니가 아프다는 이
야기는 듣지 못했다. 지병이 있던 것도 아니어서 더욱더
의아했다. 슬픔을 추스를 새도 없이 멍한 상태로 검은
정장을 입었다.

　　장례식장에서 만난 친구는 많이 울었는지 퀭한 모
습이었다. "일주일 사이에 이게 무슨 일이냐." 친구들이
안타깝고 이상하다는 듯 말했다. 북적거리는 문상객 사
이에 자리를 잡고 앉았다.

　　잠시 후 그 친구가 테이블로 왔다. 그가 해준 이야
기는 이랬다. 지방에서 회사를 다니던 친구는 우리 아빠
의 장례식에 참석하기 위해 월차를 내고 올라왔다. 문상

을 마치고 서울에 있는 본가에서 잠을 잔 후 다음 날 새
벽, 첫차를 타고 다시 일터로 내려갔다. 그런데 며칠 뒤
한밤중에 아버지에게 전화가 왔다. 엄마가 열이 많이 나
서 응급실에 가셨다는 거였다. 그때만 해도 친구는 큰일
은 아닐 거라 생각했다. 부랴부랴 서울에 올라왔을 때,

어머니는 이미 혼수상태였다. 그리고 몇 시간 후 돌아가셨다. 사인은 급성 바이러스 감염이었다.

"너희 아빠 장례식 아니었으면 엄마 얼굴도 제대로 못 보고 보내드릴 뻔했다야. 두 분이 하늘나라에서 친구하시면 되겠다." 친구가 울먹였다.

서너 달 후 지인의 결혼식이 있었다. 두 번의 장례식 이후 친구들이 다시 모였다. 그 친구와 난 서로 무언의 눈인사를 나눴다.

'많이 힘들지?'

'응, 아직도 믿기지 않아.'

결혼식장을 나와 친구들과 따로 뒤풀이를 했다. 나와 그 친구를 위로하는 자리였다. 그 자리에서 친구는 차마 장례식장에서 말하지 못한, 슬픈 그날의 일을 털어놨다.

우리 아빠 장례식에 왔다가 본가로 간 그날 밤, 다음 날 아침 첫차를 타기 위해 알람을 맞춰 놓고 혹시 몰라 어머니에게 깨워달라고 부탁을 했단다. 그런데 어머니는 무슨 이유에선지 친구를 제시간에 깨우지 않았고, 10여 분 늦게 일어난 친구는 세수도 하는 둥 마는 둥 차를 놓칠까 후다닥 뛰어나가야 할 형편이었다. 겨우 눈곱만 떼고 구두에 발을 구겨 넣는 친구를 어머니가 다급하게 붙잡았다. "잠깐만! 이거 가져가." 어머니가 내민 건 비닐봉지에 담긴 삶은 계란 두 개였다. "계란은 무슨 계란이야. 늦었단 말이야." 친구는 잔뜩 짜증을 내고 돌아섰다. 어머니와 나눈 마지막 대화였다.

"삶은 계란을 도저히 먹을 수가 없어. 삶은 계란을 쳐다볼 수도 없어…"

앞으로 다시는 삶은 계란을 먹을 수 없을 거라며 슬프게 울던 그 애. 그 친구와 연락이 끊긴 지 오래되었다. 삶은 계란을 볼 때마다 이 일이 떠오른다. 나는 소중한 사람들과 어떻게 헤어지게 될까, 생각해본다. 먼 훗날의 일일 거라며 애써 생각을 미룬다. 하지만 내게도 그 순간들이 차례로 찾아올 테고 남은 사람은 '삶은 계란'을 품고 살아가겠지. 친구 어머니가 건네려던 그 계란은 참 따뜻했을 것 같다. 내가 남긴 계란도 그랬으면 좋겠다.

●

◆

그날 아침
바로 그 시간

몇 년 전 초봄이었다. '내 오늘은 기필코 먹고
야 말겠어!' 눈을 뜨자마자 주방으로 향했다. 냉장고에
서 꺼낸 것은 쑥 한 봉지. 며칠 전부터 향긋한 쑥국이 너
무나 간절히 먹고 싶었다.

열흘째 내리 사골 미역국만 먹은 터였다. 4월이 되
고 얼마 되지 않아 나는 아이를 유산했다. 배 속에 생명
이 자라고 있다는 낯선 설렘에 한창 적응해가던 12주
차, 검진을 위해 병원에 갔다가 의사에게 "배 속에 아이

가 보이지 않는다"라는 말을 들었다. 심장이 '쿵' 내려앉는 소리가 들리는 듯했다. 입덧은 여전히 나를 괴롭히고 있는데 아기가 없다니. 병원을 나왔을 때 거리엔 봄 햇살이 가득했다. 햇빛이 얼굴에 가만가만 스며드는 것을 느끼며 그대로 서 있었다. '이렇게 환하고 아름다운데, 넌 어디로 간 거니?'

병원에선 수술을 권했지만 왠지 내키지 않았다. "수술하지 않아도 얼마 후면 몸 밖으로 태반과 아기집이 나올 거예요. 다만 그게 언제일지는 알 수 없어요." 의사의 말을 듣고 나니, 그것들을 내보낼 적당한 순간을 내 몸은 알고 있을 거란 생각이 들었다. 나는 내 몸을 믿어보고 싶었다. 평소처럼 생활하면서 그냥 기다려보기로 했다. 입덧은 서서히 가라앉았다. 며칠 후, 저녁부터 배가 싸르륵싸르륵하더니 한밤중이 되자 배와 머리가 아파 숨쉬기 힘들었다. 남편이 병원에 가자며 두꺼운 점퍼를 입혀 주면서 말을 거는데, 그 말이 귀에 하나도 들리지 않았다. 더는 못 견디겠다고 생각한 순간, 따뜻하고 부드러운 것이 아래로 쑥 빠져나오는 느낌이 들었다. 손바닥만 한 핏덩이, 바로 태반과 아기집이었다. 조금 있으니 배와 머리의 통증이 거짓말처럼 사라졌다. 아, 내가 임신과 유산을 모두 겪어냈구나. 아이가 사라졌을 때의 슬픔과는 또 다른, 기특함과 안도감이 밀려왔다. 내 몸에 고마웠다. 기쁨인지 슬픔인지, 아니면 둘 다인지 모를 눈물을 흘렸다.

주위 사람들은 저마다 유산도 출산과 똑같다며 내게 해서는 안 될 것들을 하나하나 알려줬다. 찬물에 손 담그지 말 것, 찬바람 쐬지 말 것, 무거운 것 들지 말 것 등 잔소리가 끝이 없었다. 나는 최대한 지키려고 했다. 삼칠일 동안 미역국을 먹어야 한다는 말도 웬만하면 따르고 싶었다. 한우 사골 육수에 미역을 넣고 한 솥 가득 끓여 열심히 먹었다. 그런데 며칠 전 텔레비전에서 4월엔 쑥이 제철이라며 쑥밥부터 쑥국, 쑥전, 쑥버무리, 쑥떡까지, 쑥으로 한 상 가득 차려진 밥상을 보고 말았다. 진한 쑥 향기가 코와 입안에서 맴도는 듯했다. 하도 끓여 흐물흐물해진 미역국에 도대체 숟가락이 가지 않았다.

집 앞 마트가 문을 몇 시에 열더라. 추운 날은 아니었지만 아직은 쌀쌀함이 감도는 4월. 행여 찬바람이 들세라 발목까지 옷으로 꽁꽁 싸맸다. 드디어 현관문을 열었다. 아, 열흘 만의 외출!

막 진열한 뽀얀 쑥이 마트 진열대에 잔뜩 쌓여 있었

다. 쑥 한 봉지에 달래와 오이도 샀다.

집에 오자마자 멸치 다시마 육수를 안쳤다. 육수가
우러나는 동안 쑥을 씻어 생콩가루를 설설 뿌렸다. 보글
보글 끓는 된장 육수에 생콩가루 묻힌 쑥을 살포시 얹
었다. 달래는 다듬어진 걸 사 오길 잘했다. 달래와 오이
를 잽싸게 무치고 밥솥에서 밥을 펐다. 떨리는 마음으로
텔레비전 앞에 작은 상을 펼쳤다. 아, 쑥 향기가 진하게
올라왔다. 침을 꼴깍 삼키며 이제 막 한 숟가락 떠먹으
려는 순간, 방송이 중단되더니 뉴스 속보가 나왔다. 화
면엔 큰 배가 기울어져 있었다. 저게 뭐지? 잠시 후 '전
원 구조'라는 자막이 떴다. 아, 다행이다. 그런데 뭔가 이
상했다. 같은 내용과 장면이 반복해서 나왔다. 현장에
분명히 취재진이 있는 것 같은데 왜 다른 장면은 안 나
올까? 불안감을 애써 누르며 텔레비전을 껐다. 일단 밥
을 먹자.

역시, 4월 쑥은 보약이라지. 씹지도 않은 밥알이 목
구멍으로 꿀걱꿀걱 넘어갔다. 쑥국 대접과 밥 한 공기가
순식간에 사라졌다. 배를 두드리며 누워서 좀 쉬려는데
아까 그 큰 배가 생각났다. 다시 텔레비전을 켰다. 구조
된 인원수가 아까와 달랐다. 전원 구조가 아닐 수도 있

단다. 배 안에, 아직 사람이 있단다. 이건 또 무슨 소리지? 심장이 불안하게 뛰기 시작했다.

2014년 4월 16일. 그날은 내게 그런 날이다.

나는 잊을 수가 없다. 쑥국을 먹겠다고 잔뜩 마음 설렜던 그날, 그 아침. 나의 시간과 그들의 시간이 그토록 달랐다는 것에 나는 한참 동안 죄책감을 느끼며 시도 때도 없이 울었다. 내 자궁에 잠시 머물렀던 작은 생명이 빛나는 거대한 생명들과 함께 저 깊은 어둠의 바다로 하릴없이 사라진 것 같아 슬픔이 더 짙었는지 모른다. 그때부터다. 어디서든 울컥울컥 눈물이 차오르기 시작한 것은. 가라앉은 배는 떠올랐지만, 지금도 여전히 눈물은 멈추지 않는다. 다시 돌아올 수 없는….

다시, 봄을 맞아 여기저기 뽀얀 쑥이 한창이다. 쑥국을 끓일 때마다 그날 아침이 떠오른다. 설레던 마음이 먹먹함으로 바뀐 지 오래. 그날을 기억하며 제를 올리는 마음으로, 올해도 쑥국을 끓인다.

졸업 사진 속
아빠에게

곰보빵

●

◆

　　중학생 때부터 아빠와 나는 사이가 좋지 않았다. 그 시절 엄마와 아빠는 밤마다 다투는 일이 잦았다. 싸움의 원인은 아빠의 외도였다. 아빠가 없을 땐 엄마에게 아빠에 대한 험담과 하소연을 들어야 했고, 아빠가 집에 들어온 순간부터는 또 언제 싸울지 알 수 없는 터질 듯한 긴장감에 가슴을 졸였다.

　　중학교 3학년 여름방학, 싸움은 절정으로 치달았다. 하루라도 그냥 넘어가는 날이 없었다. 어느 날 나는 뭣에 홀린 듯, 안방 문을 열고 말했다. "그냥 이혼하세요."
고함을 치며 싸우던 아빠는 당황한 듯했다.

"너… 뭐라고 했어!"

"이렇게 맨날 싸울 거면 이혼하시라고요."

아빠가 나를 노려보더니 탁자 위에 있던 가위를 손
에 들고 내 머리를 한 움큼 쥐었다.

"다시 말해봐."

"이혼하세요, 제발!"

서걱. 시커먼 것이 바닥에 툭 떨어졌다. 그날 잠자리
에 누웠을 때 단 하나의 생각만 머릿속에 휘돌아다녔다.
'내일 아침에 일어나면 딱 죽어야겠다.' 방법은 아침에 생
각하면 될 일이었다. 죽기로 결정하고 나니 맘이 편해져
곧 잠이 들었다. 다음 날 아침, 인기척에 잠에서 깼다. 엄
마가 머리맡에 앉아 내 머리를 만지며 울고 있었다. "엄
마가 머리 예쁘게 빗겨 줄게, 걱정하지 마." 나는 왠지 안
심이 됐다.

그날부터 나는 아빠를 쳐다보지 않았다. 밥도 같이
먹지 않았다. 아빠는 나 들으란 듯 화를 냈지만, 그것이
허세라는 걸 직감했다. 가르마를 옆으로 옮겨 잘린 머리
를 덮었다. 머리 모양이 바뀐 걸 눈치챈 친구들에겐, 껌

이 붙어서 떼다가 머리카락이 녹았다며 대충 둘러댔다. 다행히 친구들은 내 머리 모양에 그리 큰 관심을 보이지 않았다. 나는 점점 조용하고 새침해졌다.

시간이 흘러 어느덧 내 대학 졸업식 날이 왔다. 군대 간 남동생을 뺀 식구들이 졸업식에 와 주었다. 그 사이 부모님의 격렬한 싸움도 끝이 났고, 나는 나대로 대학 생활의 자유를 한껏 맛봤다. 아빠는 오래 다니던 회사가 IMF로 문을 닫은 후 여기저기 직장을 옮겨 다녔다. 50이 넘은 나이에도 돈을 벌어야 한다는 강한 책임감만큼은 여전해, 새로 보일러 관리 자격증을 따고 부지런히 이력서를 넣었다.

그 무렵부터였다. 아빠가 조금 다르게 보였다. 식구들 속을 있는 대로 썩였지만 배운 것, 가진 것 없이 오로지 몸뚱이 하나로 가족을 먹여 살리느라 애쓴 것만은 분명했다. 돈 없다는 엄마를 설득해 동화책 세트를 사준 것도, 예쁜 머리핀을 상자가 넘치도록 사주며 흐뭇해한 것도, 주말마다 산으로 바다로 우리를 데리고 다닌 것도 아빠였다. 내 머리카락을 자른 직후, 아빠는 책을 좋아하던 나를 서점에 데리고 가 책을 고르게 했고, 백화점에서 팥빙수도 사줬다. 아빠가 내내 그 일로 마음 아파한다는 걸 알면서도 나는 그 마음을 10년 가까이 모른 척했다.

가족들 사이에서 어정쩡하게 서 있는 아빠가 왠지 측은해 보였다. 망설이다가 아빠에게 학사모를 내밀었다. 얼떨결에 학사모를 받아 쓴 아빠와 나란히 서서 사진도 찍었다.

하지만 그 뒤로도 아빠와의 거리는 좀처럼 좁혀지지 않았다. 가족과 나를 힘들게 한 기억이 끝내 마음에서 아빠를 밀어냈다. 졸업 1년 뒤 나는 원하던 직장에 들어갔고, 다시 1년 후 보증금을 모아 독립했다. 내가 집에 가는 날은 1년에 고작 서너 번뿐이었다.

어느 해 어버이날을 맞아 카네이션 화분을 샀다. 빵집에 들러 곰보빵도 몇 개 집었다. 아빠는 곰보빵을 유독 좋아했다. 안방 문 앞에서 나를 반기는 아빠에게 대강 고개만 꾸뻑 숙인 후 카네이션과 빵 봉지를 식탁에 놓고 얼른 방으로 들어와 버렸다. 잠시 마주친 아빠의 눈빛은 그날따라 순해 보였다.

한 달 후, 아빠가 돌아가셨다. 사인은 당뇨로 인한 급성 심근경색이었다. 미운 감정이 조금이라도 남아 있었다면 슬픔이 덜했을까. 갑작스레 들이닥친 죽음 앞에 미움도, 원망도, 온데간데없이 사라졌다. 내겐 아빠의 마음을 제때 받아들이지 못한 설움만 남았다. 시도 때도 없이 터져 나오던 눈물은 3년이 지나서야 겨우 잦아들었다.

자식에게 소소하게 돈 쓰는 게 낙이었던 가난했던 아빠는 자신에게 인색했던 탓에 남긴 물건이 그리 많지 않았다. 유품 사이에서 졸업식 날 나와 함께 찍은 사진이 나왔다. 어색하지만 어쩐지 밝아 보이는 아빠의 표정. 아빠와 찍은 마지막 사진이었다. 나는 몇 번이고 아빠 얼굴을 쓰다듬으며 한 걸음 다가가지 못한 나를 원망했다.

아빠가 가신 지 10년이 훌쩍 지났다. 좋은 건 좋은 대로, 상처는 상처대로, 옅어지기도 또렷해지기도 하면서 아빠와의 기억이 다듬어져 간다. 이제 아빠를 생각해도 눈물이 쏟아지지 않는다. 돌아오는 어버이날, 나는 가벼운 마음으로 빵집에 갈 것이다. 사실 곰보빵은 내가 제일 좋아하는 빵이기도 하니까. 언젠가 다시 만날 때까지, 아빠의 안녕을 빌며.

인생은 단짠단짠

초판 1쇄 발행 2019년 7월 1일

지은이 | 심혜진
펴낸이 | 조미현

편집주간 | 김현림
책임편집 | 홍은선
디자인 | 이유나
일러스트 | 정영인

펴낸곳 | (주)현암사
등록 | 1951년 12월 24일 · 제10-126호
주소 | 04029 서울시 마포구 동교로12안길 35
전화 | 02-365-5051
팩스 | 02-313-2729
전자우편 | editor@hyeonamsa.com
홈페이지 | www.hyeonamsa.com

ISBN 978-89-323-1994-0 03810

이 도서의 국립중앙도서관 출판예정도서목록(CIP)은 서지정보유통지원시스템
홈페이지(http://seoji.nl.go.kr)와 국가자료공동목록시스템(http:// www.nl.go.kr/kolisnet)
에서 이용하실 수 있습니다.(CIP제어번호 CIP2019021235)
책값은 뒤표지에 있습니다. 잘못된 책은 바꾸어 드립니다.